MW01675007

Das preußische Landesvertheidungs-System und die Befestigung von Berlin

Anatiposi

Julius Bluhm

Das preußische Landesvertheidungs-System und die Befestigung von Berlin

Unveränderter Nachdruck der Originalausgabe von 1859.

1. Auflage 2023 | ISBN: 978-3-38220-058-9

Anatiposi Verlag ist ein Imprint der Outlook Verlagsgesellschaft mbH.

Verlag: Outlook Verlag GmbH, Zeilweg 44, 60439 Frankfurt, Deutschland
Vertretungsberechtigt: E. Roepke, Zeilweg 44, 60439 Frankfurt, Deutschland
Druck: Books on Demand GmbH, In de Tarpen 42, 22848 Norderstedt, Deutschland

Bluhm, Julius,

Das

preußische Landesvertheidigungs-System

und

STANFORD LIBRARIES

die Befestigung von Berlin.

Eine politisch-militairische Denkschrift.

Vom

Verfasser der „Politik der Zukunft vom preußischen Standpunkte."

Berlin, 1859.

Verlag von Julius Springer.

UG 430
B4 B5

Vorrede.

Die vorliegende Denkschrift, welche nicht in Europa geschrieben worden, war beendet und der Verlagshandlung das Manuscript bereits zugesendet, ehe die Nachricht von dem Ausbruch des Kampfes in Ober-Italien den Verfasser erreichte. Derselbe kannte damals ebenso wenig den Beschluß in Betreff der Befestigung von Geestemünde. Wenn auch diese Verhältnisse auf Einzelnheiten der Schrift nicht ohne Einfluß seinen können, und für verschiedene derselben ein anderer Ausdruck wünschenswerth wäre, der ihnen jetzt nicht mehr gegeben werden kann, so bleibt der eigentliche Gegenstand der Arbeit, die Beweisführung für die Nothwendigkeit der Befestigung von Berlin, von dem Geschehenen doch unberührt. Der erwähnte Krieg, der höchst wahrscheinlich schon jetzt, wo wir dies schreiben, die allerernstesten Schritte für Preußen bedingte, macht jene Maaßnahme nur um so dringender. Wir sehen die beschleunigte Ausführung des großen Werkes zur Sicherung der Hauptstadt, (wenn auch in modificirter, den Umständen angepaßter Form), als eine Aufgabe der nächsten Monate an, und verfolgen mit unserer Denkschrift lediglich den Zweck, den Anklang den die Sache, wie alle großen Maaßregeln der heutigen Regierung im Lande finden wird, nach unseren Kräften noch zu vermehren.

Schließlich bitten wir, die Mängel unserer Arbeit, so weit sie durch lokale Umstände und die aus ihnen erwachsenden Consequenzen (Mangel an Karten im besonderen) bedingt sind, mit Nachsicht beurtheilen zu wollen.

Inhalt.

I.

Militairische Consequenzen der Lage und Beschaffenheit des preußischen Territoriums.

Zu den mancherlei ungünstigen Verhältnissen, welche Preußens Stellung, in Mitten von Europa, zu einer besonders schwierigen, und, unter gewissen Voraussetzungen sogar zu einer bedrohten machen, haben wir auch die zu rechnen: daß sein Territorium, — ganz abgesehen von dem Auseinanderfallen in zwei gesonderte Hauptmassen, und von der Gestaltung der Grenzen, die viel zu bedenken giebt, — auch in anderer Beziehung, d. h. in Hinsicht auf seine Formation als große, von den drei Hauptlandfronten aus offene, und von wenigen Stromlinien erster Klasse oder sonstigen Barrièren durchschnittene Ebene, an und für sich die Vertheidigung nicht im hohen Maaße begünstigt. Wie groß, und wie nachhaltig in ihrer Verwendung, immerhin die Mittel sein mögen, die unser vaterländischer Großstaat aus seiner vortrefflichen Wehrverfassung und, vor Allem, aus der freudigen Hingabe und Opferbereitschaft eines in sich selber national-einigen Volkes zu ziehen vermag: die angeführten Umstände sind dennoch von der Art, daß sie auch auf die Verwendung dieser Mittel einen lähmenden Einfluß ausüben, und dieselben außer Verhältniß stellen zu den Ressourcen der drei, Preußen unmittelbar angrenzenden continentalen Großmächte, vornehmlich aber zu der großen, die Aufrechterhaltung des Welt-Gleichgewichts bedingenden Aufgabe, welche der Monarchie der Hohenzollern geworden ist.

Betrachten wir diese nachtheiligen Umstände hier etwas näher, um uns ihre ganze Bedeutung wie unsere Lage klar zu machen. In dem Mittelraume Preußens im weiteren Sinne, d. h. innerhalb des ganzen Staatsgebiets mit Ausschluß der Rheinprovinz und der ostwärtigen (Ost- und West-Preußens) findet sich keine einzige an und für sich ein Hinderniß ersten Ranges bietende Vertheidigungs-Linie vor; weder eine Gebirgs- noch eine Strom-Barrière, der von der Natur der Stempel der großen strategischen Basen, wie wir sie anderswo antreffen, aufgedrückt wäre. Der einzige rein-preußische Strom, die Oder, gewinnt eine höhere militairische Bedeutung und den Charakter einer stärkeren Frontenlinie erst von dem Einfluß der Warthe an, aber die vielen Arme, in welche er sich von da ab theilt, und die Thatsache, daß die zwischen ihnen gelegenen Werder und Wiesen im Hochsommer und im Herbst leicht zu passiren sind, thun dem Werth auch dieser Strecke einen nicht geringen Eintrag. Nicht stärker wie die Oder ist die Elblinie. Dieselbe wird ein schwerer zu passirender Strom erst unterhalb der preußischen Grenze, und eine sichere Deckung giebt sie nur auf dem Raume zwischen Lauenburg und dem Meere. Die Weser endlich kommt mindestens für das preußische Gebiet kaum in Betracht, indem sie dasselbe nur auf der Strecke weniger Meilen berührt. Die einzigen Stromlinien von Bedeutung in Preußen, und die, an und für sich, d. h. vermöge der ihnen von Natur innewohnenden Stärke des absoluten und unbedingten Widerstandsvermögens als naturgegebene Vertheidigungsfronten ersten Ranges angesehen werden können, sind die Weichsel und der Rhein. Es muß als ein den defensiven Interessen Preußens, die von denen anderer, größerer Staaten wesentlich verschieden sind, durchaus günstiges Verhältniß angesehen werden, daß diese beiden bedeutendsten Vertheidigungslinien auf den Flügeln der Monarchie, die eine nahe der äußersten Ost-, die andere ziemlich hart an der West-Grenze placirt sind. Aber der Werth, welchen wir unter anderen Umständen damit verbinden würden, wird durch nicht unwesentliche andere Verhältnisse bedeutend geschmälert. Der herrliche Rheinstrom ist nur auf kurze Strecke in unseren, und in seinem obersten wie in seinem untersten Lauf selbst nicht in deutschen Händen. Sein Mündungsgebiet, und damit die reichlichsten, weil verhältnißmäßig leichtesten Uebergänge, — denn er fließt, wie Jedermann weiß, dort in mehrere Arme getheilt, — fällt außerhalb des vaterländischen Gebiets, und am Oberrhein besitzt Frankreich das linke Ufer, den obersten Stromlauf aber die Schweiz theilweis oder ganz. Viel schlimmer und im überwiegenden Maaße bedrohlich steht es aber an der Weichsel, indem der ganze mittlere Stromlauf in die Hände Rußlands gegeben ist. Wenn aus diesem für immer beklagenswerthen Umstande [den, bei der neuen Constituirung der preußischen Monarchie zuzulassen, einer der vielen strategischen Fehler unserer Congreßdiplomaten, ja der Hauptfehler unter allen war,] zunächst sich ergiebt, daß Ostpreußen bei jedem Conflikt, in welchen die hohenzollernsche Groß-Monarchie mit Rußland verwickelt werden mag, sich in einer äußerst bedrohten Lage befindet, so ergiebt sich als zweite Folgerung: daß Westpreußen, Hinterpommern, Posen, Schlesien und von Brandenburg die Neumark, mit anderen Worten alle preußischen Lande und Provinzen auf dem rechten Oder-Ufer, keine deckende und der Vertheidigung eine gesicherte Entwickelungslinie bietende Strombarrière vor sich haben, und eben darum, bei dem mehr und mehr drohend werdenden Mißverhältniß zwischen den preußischen und russischen Kräften, eine diesseitige Defensive hier einen äußerst üblen und schwierigen Stand haben würde, ja, im Sinne einer Grenzvertheidigung, kaum zu denken ist. Es umfassen die genannten Lande und Provinzen (Ostpreußen eingeschlossen) aber gleichwohl nicht weniger wie gegen 3,000 □ Meilen, d. h. sie machen die Hauptmasse der ganzen Monarchie aus, deren Gesammt-Territorium, den neuen Erwerb in Schwaben und das kleine Gebiet an der Jade, eingerechnet, sich bekanntlich auf nicht höher als 5103 □ Meilen erhebt. Diese entschiedene Bedrohung der größeren Raumhälfte der Monarchie vermöge der unausgerundeten, von keinem durchlaufenden Hinderniß beschützten Grenzlage im Osten wird um so bedenklicher, wenn man in Betracht zieht, wie Preußen grade wegen seines geringen, und hinter dem der ihm angrenzenden Großmächte so weit zurückstehenden Besitzstandes, sodann aber auch, weil seine Kriegsaction auf die vollste Mitwirkung des Volkes im Voraus berechnet ist, welches wiederum von dem Territorium nicht losgelöst werden kann, einen weit dringenderen Anlaß wie jeder andere ausgedehntere Staat hat, die Integrität seines Gebietes, bei einem großen und entscheidenden Kampfe zu wahren. Es erhellt daraus, daß wir einen Krieg mit Rußland entweder offensiv zu führen oder ein Defensiv-System für diesen Fall zu adoptiren haben, welches, weil auf eine indirekte Vertheidigung abzielend, einen eben auch nur indirekten Schutz verleiht. Wir kommen hierauf bei der weiteren Entwickelung unseres Gegenstandes später zurück, indem die hier angeregte Frage in der engsten Beziehung zu demselben steht. Von einer schwerwiegenden Bedeutung ist es aber zugleich, daß durch den russischen Besitz auf dem linken Weichselufer und durch den scharfen Landes-Keil, den unsere riesige Nachbarmacht, so zu sagen gegen den Herzraum unserer vergleichsweise räumlich kleinen Monarchie vorgeschoben hat, Berlin, (weil auf die Deckung durch eine einzige und nicht allzu starke Stromlinie, die Oder, beschränkt) sich in einer nicht in dem Maaße gesicherten Lage befindet, wie man sie wünschen möchte.

Zwischen einem Angriff, der von Osten her Preußens Hauptstadt zu erreichen sucht, und einem anderen, der von Westen aus demselben Ziele zustrebt, ist ein bedeutender Unterschied. Der westwärtige Gegner würde, auch nachdem er uns bis hinter die Elblinie zurückgeworfen, immer doch nur drei preußische Provinzen, Rheinland, Westphalen und Sachsen, uns entrissen haben. Das eigentliche Gros des Staates aber wäre in diesem äußersten Falle dennoch unangetastet, und mit ihm würde demselben der Haupttheil seiner Hülfsmittel erhalten sein. An einen ostwärtigen Angriff dagegen, der die Oder passirte, wäre, wenn nicht abnorme Verhältnisse vorausgesetzt werden, dieses Gros verloren gegangen. Unsere Ansichten würden mißdeutet werden, wenn man aus dem angestellten Vergleich den Schluß ziehen wollte, daß wir behaupten möchten: Berlin befinde sich nach Westen hin in einer sehr gedeckten und wenig zu wünschen übrig lassenden Lage. Nachdem unsere Rheinfronte durchbrochen oder umgangen worden, (durch einen seitwärtigen Uebergang nämlich) schirmt nur die Elblinie noch die preußische Hauptstadt, denn die Weser würde auch dann für den betreffenden Zweck nicht in vollen Betracht kommen, wenn unser Land sich in der Lage befände, sich, der ganzen Ausdehnung dieses Stromes entlang, permanent zur Vertheidigung einzurichten. Indessen würden wir nichtsdestoweniger eine derartige Concession im hohen Maaße zu schätzen wissen. Wir haben an anderem Orte entwickelt, von welcher hohen Bedeutung für das kräftige Zusammengreifen des westwärts gewendeten preußischen Vertheidungssystems es sein würde, wenn innerhalb des ganzen Raumes, zwischen Rhein und Elbe, das Recht zu ständigen Vertheidigungs-Arrangements ihm eingeräumt wäre. Es liegt außerhalb unserer Absicht, das darüber Gesagte hier zu wiederholen, und wir beschränken uns darum auf diese kurze Andeutung, und auf einige wenige hier nachfolgende Bemerkungen, ohne indeß, bei der weiteren Behandlung der Hauptfrage, den in Rede stehenden bedeutend auf dieselbe influirenden Umstand, ganz aus dem

Auge zu verlieren. Zwei Haupt-Operationslinien sind einem Angriff Frankreichs wider uns, in der Richtung auf unser Centrum Berlin, von der Natur geboten: die eine, welche, nach Durchbrechung oder Umgehung (wir werden betreffs dieses Ausdrucks nicht mißverstanden werden) der preußischen Rheinfronte, die Oberweser tournirt, mithin eine rechtswärts gewendete ist, und die andere, welche sich auf die Niederweser und Niederelbe richtet. Auf der ersteren sind wir nur schwach eingerichtet, indem, diesseits des Rheins, zwischen diesem und der Elb-Barrière, dem Feinde nur eine einzige Festung entgegensteht, Erfurt, und die außerdem, — wie bedeutungsvoll ihre Lage auch vordem, inmitten der beiden Hauptpassagen des Thüringer Waldes (Eisenach und Hof) sein mochte, — heute, bei der Wegsamkeit dieses Gebietes nach so vielen Richtungen hin, nicht als günstig placirt angesehen werden kann. Auf der zweiten Operationslinie sind wir gar nicht eingerichtet. Der Feind kann nämlich, wenn er seinen Rheinübergang in Holland ausführt, und seine Kräfte ausreichend sind, um eine linkswärtige, excentrische mit der linken Flanke an die See anlehnende Operation nicht zu scheuen, Weser und Elbe in ihrem unteren Laufe passiren, und letztlich die Grenzen der preußischen Marken erreichen, ohne auf eine einzige Festung, oder auf Etwas, was man mit diesem Namen bezeichnen könnte, gestoßen zu sein, mithin ohne in den Fall gekommen zu sein, eine Belagerung auf der Hauptlinie des Angriffs zu führen.

Diese Schwäche Preußens rückwärts der Rheinlinie bis zur Elbe kommt nun auch, und zwar in hohem Maaße, bei seiner Stellung zu Oesterreich in Betracht. Wenn es auch nicht von gutem politischen Takt zeugen würde, falls wir, gerade in diesem Augenblick, die uns von dieser Seite her drohenden Gefahren besonders accentuiren wollten, können wir sie dennoch ebenso wenig ganz unerwähnt lassen. Oesterreich gegenüber sind wir, in den meisten Fällen, des gemeinsamen, beide Staaten auf ein Zusammenhandeln hinweisendes Interesse, uns bewußt. Wir sind dagegen uns nicht bewußt, daß wir auf eine freundnachbarliche Tendenz der österreichischen Politik für alle Fälle rechnen können. Im Gegentheil hat Oesterreich, bis daher noch zu allen Zeiten, Preußen gegenüber, seinen Rivalitätsgefühlen mehr Raum gegeben, und selten Gesinnungen bekundet, die aus dem Angewiesensein beider Mächte auf gegenseitige Unterstützung, welches eine Consequenz ihrer Lage zwischen den beiden größten Continental-Staaten Rußland und Frankreich ist, ihren Ausgang nehmen könnten. Vermöge seiner räumlichen Situation nahe unseren Grenzen kann Oesterreich, ohne zu diesem Zweck zuvor irgend eine preußische Vertheidigungslinie durchschneiden zu müssen, und selbst ohne preußisches Gebiet zu passiren, nicht nur in den Raum einfallen, der zwischen den beiden Haupt-Massen der Monarchie offen liegt, sondern die Stellung, welche es mittelst seiner, nach drei Frontrichtungen hin zur Basis dienenden Provinz Böhmen im Herzen von Deutschland einnimmt, ist in Beziehung auf Preußen der Art, daß es durch Sachsen (das Königreich) hindurch, — indem es auf dem rechten Elbufer agirt, — einen Schlag gegen Berlin richten kann, weil uns keine einzige Frontlinie von der Natur geboten ist, die ausreichend wäre, um den Herzpunkt des Staates zu decken.

Wir ziehen eine vierte Front, auf welcher Preußen einem Angriff ausgesetzt ist, seine seewärtige am baltischen Meere, hier nicht weiter in Betracht; werden aber auf dieselbe, beim weiteren Verfolgen der uns gestellten Aufgabe, im Näheren zurückkommen.

II.

Entwickelung des preußischen Landesbefestigungs-Systems gegen Westen.

Bei einem derartig situirten Gebiet war es zu allen Zeiten ein Haupt-Gesichtspunkt der preußischen Regierung gewesen, durch eine umfassende Aufwendung von Kunst-Mitteln dasjenige zu ersetzen, was von der Natur versagt worden. Es kam mit anderen Worten darauf an, der Monarchie durch ein großartiges Befestigungs-System denjenigen territorialen Halt zu geben, den ihre Bodengestaltung ihr nicht verleiht. Im Besonderen war dieser Gesichtspunkt, welcher bereits im vorigen Jahrhundert eine hohe Berücksichtigung gefunden, maßgebend für die Zeit nach der Reconstituirung Preußens in seiner alten, oder dieser mindestens nahe kommenden Größe auf dem Wiener Congreß.

— Der Entwurf zu einer, den ganzen Raum der großen germanischen Tiefebene, so weit derselbe unserer vaterländischen Monarchie angehört, schirmenden Landes-Befestigung wurde gleich in den nachfolgenden Jahren festgestellt, und man hat dieses Programm seitdem mit einer hohe Anerkennung verdienenden Ausdauer und Consequenz als Richtschnur beibehalten. Im langsamen, aber unausgesetzten Entwickeln begriffen, hat das preußische Festungs-System von da ab eine Stärke erlangt, die, — wenn man von den Schwächen absieht, welche der erörterten Raumgestaltung und Bodenformation des Staates ankleben, und nicht ohne Rückwirkung auf seine Befestigung bleiben konnten, — von keinem anderen in Europa (und das will sagen in der Welt) existirenden übertroffen wird, ungeachtet es noch unvollendet ist; und obwohl es sich noch entschieden nicht auf der Höhe des bestehenden Bedürfnisses befindet.

Die preußischen Strategen, welche das Projekt der Landesbefestigung von dem hier die Rede ist zu entwerfen hatten, fanden eine bedeutende Anzahl von Festungen bereits vor, die, mit wenigen Ausnahmen, dem Staatsgebiet vor 1806 schon angehört hatten. Ueberwiegend war dies ein Vortheil, weil Preußen damit gleich von Anfang an sich im Besitz einer, wenn auch nicht systematischen, so mindestens doch viele Dienste versprechenden Staats-Fortification befand, nicht erst die Basis eines neuen Befestigungs-Systems zu legen hatte, und eben darum die sich vorgesetzte Aufgabe mit Muße, und ohne auf einmal sehr bedeutende Mittel ihr widmen zu müssen, lösen konnte. Es war aber auch ein Nachtheil damit verbunden; denn indem man auf die bestehenden Festungen Rücksicht zu nehmen hatte, die ohne einen leitenden Plan, der zu der Raum- und Bodengestaltung der Monarchie in Beziehung gestanden hätte, angelegt waren, weil sie zum Theil Preußen aus fremder Hand überkamen, — war man mit seinen Combinationen in eine eingeengte und von vielen Bedingnissen durchkreuzte Sphäre gestellt, hatte man nicht sowohl ein System zu entwerfen, als vorhandene Bruchstücke zu einem solchen zu ergänzen. Es war dies letztere der Hauptgedanke, der dem Plane unterlag, und ihn dazu zu machen war eine Consequenz der bestehenden Umstände. Preußen konnte seine neuen Befestigungen nur im Anschluß an die vorhandenen projektiren. Ungeachtet der veränderten fortificatorischen Prinzipien konnte auch kein Umbau der nach veralteten Grundsätzen angelegten Plätze in nahe Aussicht genommen werden. Im Gegentheil hatte man sich, gleich wie in Beziehung auf das Ganze, so auch in Betreff der Theile, auf die Anwendung einer ergänzenden Methode zu beschränken, welche die Verstärkung der überkommenen und in frühen Zeiten erbauten Festungen durch leichte Correcturen und Hinzufügung neuer Werke zu erzielen strebte.

Die Befestigungs-Punkte, welche man bei dem betreffenden Projekt als bereits vorhanden zu berücksichtigen hatte, waren auf der äußersten Westgrenze Saarlouis und Jülich. Auf dem Rhein Wesel. — Minden an der Weser hatte nicht die volle Bedeutung eines starken Platzes. Zwischen dem Rhein und der Elbe besaß man, als einzige wahre Festung, Erfurt. Auf der Elblinie fanden sich Magdeburg, Wittenberg und Torgau. In dem Raume zwischen Elbe und Oder Spandau. Denn Stralsund war, wenn auch durch seine Lage zwischen Deichen (Teichen) vertheidigungsfähig, und von alten Werken umschlossen, dennoch mit den eben genannten Plätzen nicht in Vergleich zu stellen. Auf der schlesischen Grenze, gegen Böhmen und Mähren, machten Schweidnitz, Silberberg, Glatz und Neisse Front. Es fanden sich auf der Oderlinie, wenn man von kleinen Anlagen, wie die Peenemünder Schanze am Haff, und von Damm, welches nur ein Zubehör von Stettin ist, absieht, vier Festungen: Stettin, Küstrin, Glogau und Kosel, unter denen die letztere mit Minden auf eine Stufe zu stellen, mithin nur halb einzurechnen war. Der ganze Raum zwischen der Oder und der Weichsel, d. h. eben derjenige, in Betreff dessen wir oben entwickelten, daß er durch unsere Grenzgestaltung im Osten einem feindlichen Angriff am meisten ausgesetzt, und gleichwohl, wegen der fehlenden Frontlinie, eine direkte Vertheidigung kaum zulasse, **war ohne Schutz,** denn die einzige damals in demselben sich vorfindende Festung Kolberg liegt, bei ihrer Situation auf dem äußersten linken Flügel, der räumlichen Schwerlinie des fraglichen Gebiets dermaßen entrückt, daß sie nur im indirektesten Sinne einen Einfluß auf die dortige Defensive haben kann. Endlich fanden sich auf der Weichsel Danzig und Graudenz, von denen letzteres mehr ein großes Fort als eine Festung ist, und am frischen Haff, vor der Mündung desselben in die Ostsee, Pillau. Thorn war zu jener Zeit nicht Festung im eigentlichen Sinne, und ist dazu erst später gemacht worden.

Ge[illegible] Festungen und kleinere Plätze waren es mithin, auf [illegible]ojektirung der Neu-Anlagen Rücksicht zu nehmen h[illegible]on, Magdeburg und Danzig, konnten als Festun[illegible]n, und bezeichneten die besten Stützpfeiler der reconstituirten Großmacht auf der Weichsel und der Elbe. Nicht weniger als acht Plätze waren von annähernd kleinster Dimension: Saarlouis, Jülich, Minden, Silberberg, Spandau, Graudenz, Kosel und Pillau, und gehörten dem dritten oder vierten Range an. Die meisten anderen Festungen waren solche von zweiter Ordnung, oder lagen zwischen dieser und der dritten mitten inne. Das System, wenn man eine zum Theil durch Zufall zusammengeworfene Zahl von anderthalb Dutzend größeren und kleineren, bedeutenderen und unbedeutenderen befestigten Punkten so nennen kann, stand hinter dem damaligen der drei anderen festländischen Großmächte nicht zurück, im Gegentheil: Rußland und Oesterreich gegenüber, welche beide Staaten erst später ihre Landesbefestigung zu ordnen begannen, mochte Preußen zu jener Zeit ein gewisses Gewicht auf seine Festungen legen. Indeß waren die Lücken, welche zwischen denselben sich befanden, auch dem nicht strategischen Auge unverborgen, und leider vermochte eine ergänzende Befestigung, auch unter Aufwendung der größten Mittel, sie nicht vollständig auszufüllen, insofern sie zum Theil nur darauf beruhte, daß die vorhandenen Plätze an und für sich unzureichend waren, zum anderen Theil aber auf des Staates unvereinter, in zwei Hauptmassen auseinanderfallender, und von der Nordsee abgerückten Gestaltung.

Am auffallendsten erwies sich, auch bei einer nur flüchtigen und oberflächlichen Uebersicht, die Schwäche Preußens betreffs seiner Festungen gegenüber von Frankreich und Rußland, wogegen man sich, vergleichsweise, in Bezug auf einen Kriegsfall mit Oesterreich, für besser eingerichtet erachten konnte. Als eine wesentliche und Haupt-Lücke bei einem Zusammenstoß mit Rußland müßte der ausgedehnte Raum zwischen der Weichsel und Oder, soweit er auf preußisches Gebiet fällt, angesehen werden, aber die damals bestehenden politischen Constellationen ließen ein geringeres Gewicht auf etwaige Gefahren von dieser Seite her legen. Nicht minder sicher fühlte man sich Oesterreich gegenüber, ungeachtet der bestehenden gegenseitigen Eifersucht, denn der deutsche Bund war in seinem Werthe als zweideutige politische Institution noch nicht von den Ereignissen definirt worden. Gerechte Befürchtungen hegte man wider Frankreich, und Niemand vermochte in dieser Hinsicht, zu verkennen, daß man bei ausbrechendem Kriege mit dem großen westlichen Nachbar sehr unzureichend, namentlich auf der preußischen Rheinfronte, eingerichtet war. Indem die dort gelegenen Befestigungen sich auf Wesel beschränkten, besaß man längs der wichtigen und an und für sich starken, gerade darum aber auch für die Vertheidigung unschätzbaren Strombarrière nichts als einen entlegenen Flügel-Punkt. Es befand sich zwischen diesem und der nächsten deutschen, außer-preußischen Rheinfestung Mainz eine Lücke, auf die bereits Napoleon, als er im November 1811 zu Cöln weilte, aufmerksam geworden war, und die, in gerader Linie gemessen, dreißig und einige deutsche Meilen ausmacht. Der große Feldherr, welcher damals seinen Feldzug wider Rußland vorbereitete, und in Betreff desselben, Ueberlegungen im weitgedehntesten Kreise anstellte, die auch den Fall eines Mißlingens, und eines etwaigen gewaltigen offensiven Rückschlages gegen Frankreich eingeschlossen zu haben scheinen, legte damals seine Ansichten über eine, im französischen Sinne, auszuführende Rheinbefestigung in einem Diktat nieder, welches sich dahin aussprach: daß es zur Schließung der Lücke zwischen Wesel und Mainz mindestens eines Platzes bedürfe, der am besten und zweckentsprechendsten, in der Mitte zwischen beiden Flügel-Festungen des Niederrheins gelegen, in Bonn eine zutreffende Position finden würde. Die preußischen Strategen, welche Vertheidigungs-Arrangements für einen Staat von geringerem Machtkaliber als Frankreich zu treffen hatten, konnten schon um dieses Umstandes willen sich nicht mit dem begnügen, was einem Napoleon für seines Reiches Schutz als ausreichend erschienen, d. h. schon wegen der Ausdehnung der Lücke von über dreißig Meilen in gerader Linie stand es für uns fest, daß wir hier das Bedürfniß zweier, untereinander wie von den Flügel-Festungen annähernd gleich weit gelegener Plätze hatten. Es war ein für den Beschluß entscheidendes Zusammentreffen der Umstände, daß sich, dieser auf dem rein geometrischen strategischen Verhältniß (dem der Distanzen) beruhenden Bedingung entsprechend, zwei Befestigungs-Objekte fanden, die eine überwiegende geographische und politische Bedeutung in Anspruch zu nehmen haben: Cöln mit Deutz, und die Mündungsstelle der Mosel in den Rhein, mit der Stadt Coblenz und dem Ehrenbreitstein. In Hinsicht auf die Ausdehnung der beiden neuen, zu erbauenden Festungen hatte man eine freie Wahl, indem man durch die Größe der zu befestigenden Objekte allein schon auf Plätze ersten Ranges hingewiesen wurde. Was die Ausführung angeht, so wollen wir hier nicht anzudeuten vergessen, daß damals das sogenannte neu-preußische Befestigungssystem*) nur erst in der Theorie bestand, und daß eben diese Theorie noch in ihrem Kindes-Alter war. In dem Einzel-Arrangement und in den Details

*) Als Methode der Befestigung im engeren Sinne verstanden.

sind die rheinischen Festungen, an denen der ehemalige Chef des preußischen Ingenieur-Corps, der im Jahre 1855 verstorbene General von Aster, einen vorwiegenden Antheil hatte, hinter den später im Osten der Monarchie erbauten weit zurück, denen das bedeutende fortificatorische Formen-Talent des jetzigen Chefs der Festungen und Pioniere, General Brese von Winiari, und die geniale Bau-Praxis des Generals Moritz von Prittwitz eine Rundung des Ganzen und zugleich eine Eleganz in den einzelnen Theilen gegeben haben, welchen man kaum anderswo wie in Rußland, und auch dort, dem Anschein nach, nicht mit dem besten Erfolge, nachzustreben vermocht hat. Nichts desto weniger sind wir der Ansicht, daß bei der Ausführung der großen Festungen Cöln und Coblenz ein richtigeres Prinzip als leitender Gesichtspunkt vorgewaltet habe, wie bei den späteren. Jene sind im engsten Anschluß an die von der Natur oder sonstigen Umständen gebotenen Defensivelemente entworfen worden, und können in ihrer Einfachheit, die hier und da allerdings eckig erscheinen will, als entschieden gültige Muster für eine Befestigung nach dem Terrain (Terrain-Verwandlung, um den Asterschen Ausdruck zu adoptiren) angesehen werden. Es war kein unwesentlicher Umstand, daß Cöln und Coblenz, wenn auch an ein und demselben großen Strom, so doch in Rücksicht auf ihre anderweitige Situation, zwischen durchaus verschiedene Terrain-Bedingungen gestellt sind. Ersterer Punkt war als eine Großfestung in der Ebene, letzterer als eine solche im Bergland zu behandeln. Wenn auch einerseits fest steht, daß diese beiden verschiedenen Aufgaben nicht mit gleicher Virtuosität gelöst worden sind: daß insbesondere Cöln den Vergleich mit Coblenz nicht auszuhalten vermag, so ist es doch für die Entwickelung der preußischen Befestigungs-Methode von einer weit tiefer eingreifenden Bedeutung geworden, indem der Staat später nur Festungen in der Ebene zu bauen hatte, und die bei Cöln gemachten Erfahrungen auf dieselben aus erklärlichen Gründen eine ausgedehntere Anwendung, wie die bei Coblenz gewonnenen, fanden.

Wesel, Cöln, Coblenz und die Bundesfestung Mainz konnten als eine ausreichende Deckung der auf deutsches Gebiet fallenden und für Preußen eine vorwiegende Bedeutung habenden Rheinlinie angesehen werden. Es war nicht ohne Werth, daß dieser Defensiv-Fronte zwei ältere und kleine Festungen als unmittelbare Grenzhüter vorgelegen waren: Jülich und Saarlouis. Man erhielt dadurch unter gewissen Voraussetzungen Stützpunkte für eine Offensive in Belgien, Holland und dem nordwestlichen Frankreich, wie sie die Rheinbefestigungen so günstig gelegen nicht bieten, und für den Fall, daß in einem Kriege mit Frankreich, Belgiens Neutralität geachtet werde, war die Lage von Saarlouis, einmal in Beziehung auf Coblenz, das andere Mal rücksichtlich des von preußischer Besatzung gehüteten Luxemburg, nicht ohne Bedeutung. Heute ist es, unter der Voraussetzung eines allgemeinen deutschen Krieges gegen die große westliche Nachbarmacht, von einer nicht gering zu achtenden Wichtigkeit, daß die Festungen Luxemburg, Saarlouis, Landau und Germersheim, wenn auch durch keine Hindernißlinie geeinigt, in ihrer parallelen Lage gegenüber der französischen Grenze, eine links auf den Rhein und eine auf das, wie vorausgesetzt neutrale Belgien gestützte Linie formiren, die einer sehr entscheidenden Operation, einer Flanken-Offensive wider den Elsaß, als Basis dienen kann.

Als um vieles wichtiger wie eine Vor-Festungslinie vor dem Rhein zu haben würde es, in Beziehung auf die auseinandergesetzte Schwäche der preußischen allgemeinen Landes-Configuration sein, wenn man eine nahe, rückwärts demselben gelegene besäß. Es würde dadurch der äußerst bedenkliche Umstand vermieden werden, daß die preußische Defensive, nachdem sie den Rhein aufgegeben, in dem ganzen Raume bis zur Elbe nur wenig örtlichen Halt findet, und durch ein energisches Vordrängen des Gegners leicht binnen wenigen Wochen auf den letzteren Strom geworfen werden kann. Die Territorial-Beschränkung der Monarchie im Westen ist eben der Art, daß man dessenungeachtet dem stark ausgesprochenen Bedürfniß nur in einer äußerst unzureichenden Art hat entsprechen können. Preußen war in der Nothwendigkeit, an der Weser sich mit Minden zu begnügen, welches, nachdem es vollständig retablirt und durch Additional-Werke verstärkt worden, eine allerdings sehr haltbare Festung ist, seinem Zwecke, dem preußischen Widerstand einen Anhalt und eine feste Stütze an dem betreffenden Strom zu geben, aber dennoch nur äußerst unzureichend zu entsprechen vermag. Minden ist die einzige Festung, welche, nachdem die Rheinlinie vom Feind in Holland überschritten worden, eine in Betracht kommende Wirkung auf eine excentrische Offensive gegen die untere Weser und untere Elbe auszuüben vermag. In dieser Hinsicht, nämlich als ein gesicherter Depot-Punkt für die dortige Defensive, ist sie nicht ohne Bedeutung. Der centralen französischen Angriffslinie vom Rhein in der Richtung auf Thüringen ist sie dagegen zu entlegen, und am mindesten kann von einer zusammengreifenden Action der beiden Plätze Minden und Erfurt die Rede sein, welche eben so weit auseinander gelegen sind, wie Wesel und Mainz, und die außerdem kein defensives Natur-Element, wie der Rhein, oder sonst irgend welches vereinigt. Was die Festung Erfurt angeht, so hat sie, wie bereits bemerkt, viel von ihrer früheren Bedeutung verloren. Sie entbehrt den Vortheil Mindens, an einer Stromlinie gelegen zu sein, und ist zu weit von den Befestigungen an der Elbe entfernt, um engere strategische Combinationen zwischen diesen und sich zu ermöglichen. Nichtsdestoweniger hat sie ihren bestimmt und entschieden ausgesprochenen Werth. Sie ist der Eckstein, der einzige! der die so wenig geschirmte vorspringende Südwestspitze des preußischen Landes-Gros gegen einen Anprall vom Rhein oder vom deutschen (österreichisch-deutschen) Süden her schirmt. In dem allgemeinen Landes-Befestigungsplane hat Erfurt die Anerkennung dieser seiner Bedeutung gefunden. Der Platz ist sehr wesentlich verstärkt worden, und kann heute zu den größeren Festungen zweiten Ranges gerechnet werden. Aber nichtsdestoweniger wird er immer an den Mängeln leiden, die durch seine Lage, im Besonderen durch den fehlenden Contakt mit einer großen, schwer und nur auf wenigen Punkten zu überschreitenden Hindernißlinie, bedingt sind.

Wir verfolgen hier die Entwickelung unseres Vertheidigungssystems gegen Westen nicht weiter. Bevor die erwähnten großen Befestigungen halb vollendet waren, hatte die Regierung bereits in der entgegengesetzten Richtung ebenso umfangreiche begonnen. Wir wenden uns diesen, d. h. den ostwärtigen Anlagen zu, um darnach die des Mittelraums, namentlich aber die Umstände, welche eine Befestigung von Berlin als dringend nothwendig erscheinen lassen, näher und eingehend zu erörtern.

das Ganze, so auch in Betreff der Theile, auf die Anwendung einer ergänzenden Methode zu beschränken, welche die Verstärkung der überkommenen und in frühen Zeiten erbauten Festungen durch leichte Correcturen und Hinzufügung neuer Werke zu erzielen strebte.

Die Befestigungs-Punkte, welche man bei dem betreffenden Projekt als bereits vorhanden zu berücksichtigen hatte, waren auf der äußersten Westgrenze Saarlouis und Jülich. Auf dem Rhein Wesel. — Minden an der Weser hatte nicht die volle Bedeutung eines starken Platzes. Zwischen dem Rhein und der Elbe besaß man, als einzige wahre Festung, Erfurt. Auf der Elblinie fanden sich Magdeburg, Wittenberg und Torgau. In dem Raume zwischen Elbe und Oder Spandau. Denn Stralsund war, wenn auch durch seine Lage zwischen Deichen (Teichen) vertheidigungsfähig, und von alten Werken umschlossen, dennoch mit den eben genannten Plätzen nicht in Vergleich zu stellen. Auf der schlesischen Grenze, gegen Böhmen und Mähren, machten Schweidnitz, Silberberg, Glatz und Neisse Front. Es fanden sich auf der Oderlinie, wenn man von kleinen Anlagen, wie die Peenemünder Schanze am Haff, und von Damm, welches nur ein Zubehör von Stettin ist, absieht, vier Festungen: Stettin, Küstrin, Glogau und Kosel, unter denen die letztere mit Minden auf eine Stufe zu stellen, mithin nur halb einzurechnen war. *Der ganze Raum zwischen der Oder und der Weichsel, d. h. eben derjenige, in Betreff dessen wir oben entwickelten, daß er durch unsere Grenzgestaltung im Osten einem feindlichen Angriff am meisten ausgesetzt, und gleichwohl, wegen der fehlenden Frontlinie, eine direkte Vertheidigung kaum zulasse,* **war ohne Schutz,** denn die einzige damals in demselben sich vorfindende Festung Kolberg liegt, bei ihrer Situation auf dem äußersten linken Flügel, der räumlichen Schwerlinie des fraglichen Gebiets dermaßen entrückt, daß sie nur im indirektesten Sinne einen Einfluß auf die dortige Defensive haben kann. Endlich fanden sich auf der Weichsel Danzig und Graudenz, von denen letzteres mehr ein großes Fort als eine Festung ist, und am frischen Haff, vor der Mündung desselben in die Ostsee, Pillau. Thorn war zu jener Zeit nicht Festung im eigentlichen Sinne, und ist dazu erst später gemacht worden.

Gegen zwanzig Festungen und kleinere Plätze waren es mithin, auf die man bei Projektirung der Neu-Anlagen Rücksicht zu nehmen hatte. Nur zwei davon, Magdeburg und Danzig, konnten als Festungen ersten Ranges angesehen werden, und bezeichneten die besten Stützpfeiler der reconstituirten Großmacht auf der Weichsel und der Elbe. Nicht weniger als acht Plätze waren von annähernd kleinster Dimension: Saarlouis, Jülich, Minden, Silberberg, Spandau, Graudenz, Kosel und Pillau, und gehörten dem dritten oder vierten Range an. Die meisten anderen Festungen waren solche von zweiter Ordnung, oder lagen zwischen dieser und der dritten mitten inne. Das System, wenn man eine zum Theil durch Zufall zusammengeworfene Zahl von anderthalb Dutzend größeren und kleineren, bedeutenderen und unbedeutenderen befestigten Punkten so nennen kann, stand hinter dem damaligen der drei anderen festländischen Großmächte nicht zurück, im Gegentheil: Rußland und Oesterreich gegenüber, welche beide Staaten erst später ihre Landesbefestigung zu ordnen begannen, mochte Preußen zu jener Zeit ein gewisses Gewicht auf seine Festungen legen. Indeß waren die Lücken, welche zwischen denselben sich befanden, auch dem nicht strategischen Auge unverborgen, und leider vermochte eine ergänzende Befestigung, auch unter Aufwendung der größten Mittel, sie nicht vollständig auszufüllen, insofern sie zum Theil nur darauf beruhte, daß die vorhandenen Plätze an und für sich unzureichend waren, zum anderen Theil aber auf des Staates unvereinter, in zwei Hauptmassen auseinanderfallender, und von der Nordsee abgerückten Gestaltung.

Am auffallendsten erwies sich, auch bei einer nur flüchtigen und oberflächlichen Uebersicht, die Schwäche Preußens betreffs seiner Festungen gegenüber von Frankreich und Rußland, wogegen man sich, vergleichsweise, in Bezug auf einen Kriegsfall mit Oesterreich, für besser eingerichtet erachten konnte. Als eine wesentliche und Haupt-Lücke bei einem Zusammenstoß mit Rußland müßte der ausgedehnte Raum zwischen der Weichsel und Oder, soweit er auf preußisches Gebiet fällt, angesehen werden, aber die damals bestehenden politischen Constellationen ließen ein geringeres Gewicht auf etwaige Gefahren von dieser Seite her legen. Nicht minder sicher fühlte man sich Oesterreich gegenüber, ungeachtet der bestehenden gegenseitigen Eifersucht, denn der deutsche Bund war in seinem Werthe als zweideutige politische Institution noch nicht von den Ereignissen definirt worden. Gerechte Befürchtungen hegte man wider Frankreich, und Niemand vermochte in dieser Hinsicht, zu verkennen, daß man bei ausbrechendem Kriege mit dem großen westlichen Nachbar sehr unzureichend, namentlich auf der preußischen Rheinfronte, eingerichtet war. Indem die dort gelegenen Befestigungen sich auf Wesel beschränkten, besaß man längs der wichtigen und an und für sich starken, gerade darum aber auch für die Vertheidigung diesem Raume eine Centralfestung im Großherzogthum Posen zum Kern gab, wie man es damals bereits bezweckte, Thorns Befestigung diesen Kern in eine Beziehung zur Weichsellinie stellen müßte, die, wenn man sich für Marienburg entschieden hätte, durchaus weggefallen sein würde. Die Würdigung, welche einer unserer besten strategischen Köpfe, der General von Willisen, in seinem geschätzten und als klassisch anzusehenden Werke: „Theorie des großen Krieges" Thorn als Befestigungspunkt hat angedeihen lassen, ist in weiteren Kreisen bekannt, und wir dürfen uns darauf beschränken, auf sie hier nur hinzuweisen. Sie kann in mancher Beziehung als eine Wiedergabe der Ideen gelten, die zu dem betreffenden Zeitpunkt im preußischen Generalstab über den Gegenstand vorherrschend waren. Leider ist die etwas kleinliche und nicht durchaus correcte, in vielfacher Hinsicht sich nur als ein Fortifications-Essay darstellende Befestigung des Platzes um ein nicht Geringes hinter der hier zu lösenden großen und richtigen Aufgabe zurückgeblieben. Man befand sich damals in der Zeit, wo die neue Manier, die bei den großen Festungen am Rhein zur Anwendung gekommen war, noch nicht ganz mustergültig fest stand.

Eine epochemachende Bedeutung, sowohl in der fortificatorischen Technik, die dabei zu einer gewissen Vollendung gelangte, wie in dem Entwickelungsgange der preußischen Landesbefestigung im Allgemeinen, hat der Bau der großen Feste Posen zu beanspruchen. Wir wollen hier zunächst einige Andeutungen über die Motive geben, welche die Wahl des Punktes bedingten. Dieselben sind nicht strategischer Natur allein, sondern im engeren Sinne zugleich politischer. In Mitten einer, der großen Masse der Bewohner Preußens, seinem staatlich-nationalen Grund-Prinzip fremden und, unter Umständen ihm übelgesinnten Bevölkerung, die erst nach und nach dem deutsch-preußischen Volksthum zu assimiliren war, wollte man eine gesicherte Mitte haben, als einen unter allen Umständen garantirten Punkt für den Sitz der Regierung der Provinz, als Hauptort der bewaffneten Macht, und als Stätte, wo unbehelligt ein deutsches Bürgerthum sich entfalten konnte. Man wollte damit die Nothwendigkeit umgehen, in kritischen Zeiten hier, zur Niederhaltung etwaiger staatsfeindlicher Bestrebungen, eine den Verhältnissen Preußens, vornehmlich seinen Finanzen wenig entsprechende starke bewaffnete Macht versammelt zu halten und im Allgemeinen Insurrections-Versuchen die Aussicht auf das Gelingen abschneiden. Wenn diese Gesichtspunkte allein schon bedeutsam genug waren, und bestimmt auf den fraglichen Punkt, als den einzigen den gedachten Zwecken entsprechenden hinwiesen', so wird dies wohl noch mehr dadurch begründet und gerechtfertigt, daß die strategische Entscheidung mit der politischen zusammen fiel. Denn die Stadt Posen ist nicht nur das Centrum des viel erwähnten offenen Raumes zwischen Weichsel und Oder, und entspricht um deswillen am meisten den an eine Centralfestung zu machenden Ansprüchen der Lage, sondern es ist im besonderen auch das nothwendige und wohlgefundene Mittelglied zwischen den preußischen Weichselfestungen und denen an der Oder. Indem es annähernd in der Mitte des Dreiecks gelegen ist, welches von den drei Plätzen Thorn, Küstrin und Glogau formirt wird, setzt es dieselben zwar nicht in eine engere, aber immer doch in eine beachtenswerthe Beziehung untereinander, die, ohne seine Vermittelung, durchaus fehlen würde. Bei der Festungsgruppe Schweidnitz, Silberberg, Glatz und Neisse hat man, rechtswärts von Posen aus, etwa eben so weit, wie zu dem äußersten linkswärts gelegenen befestigten Punkt Kolberg; man hat gleich weit von Posen zur Ostsee und zur österreichischen Grenze, woraus sich ergiebt, daß **Posen in einem Defensiv-Kriege Preußens wider Rußland, bei welchem die andere deutsche Großmacht neutral bleiben würde, der Hauptstützpunkt unseres strategischen Centrums wäre**, nachdem wir die Weichsel aufgegeben hätten. Desgleichen liegt die in Rede stehende Festung recht eigentlich in der Richtung des zu erwartenden russischen Angriffs-Stoßes, d. h. auf der Linie, die Warschau und Berlin verbindet, und nicht abzusehen ist es, wie ein direkter russischer Vorgang sich außerhalb der mächtigen Gegenwirkung dieser starken Kunstposition zu halten vermöchte.

Dieser nicht genug hochzuschätzenden Bedeutung der allgemeinen räumlichen Lage von Posen entsprechen die Vorzüge seiner Situation im engeren Kreise, d. h. in Beziehung auf das den Platz näher umgebende Terrain. Zwei in strategischer Beziehung richtige Hinderniß-Linien sind es, die, einerseits die mittlere und untere Weichsel, andrerseits die mittlere und untere Oder, indem sie zwischen beiden Strömen sich ausdehnen, in Verbindung setzen. Sie werden, die eine von den Brüchen der Netze und untersten Warthe formirt, die andere von den Sümpfen der Bzura, der oberen Warthe und der Obra. Beide Hindernißlinien laufen einander parallel und schließen, mit Weichsel und Oder, einen Landesraum ab, der als ein verschlossenes Gebiet angesehen werden kann, und voraussichtlich zugleich das Feld umschließt, auf dem unter Umständen eine preußische Defensive wider Rußland ihre Hauptkämpfe auszustreiten haben würde. Der betreffende Raum ist von in der Hauptrichtung zwischen Nord und Süd streichenden Hindernißlinien, die, in dieser Lage die Bedeutung von Frontlinien haben, in verschiedene hinter einander gelegene Unterabtheilungen geschieden. Die stärkste dieser Frontlinien wird von der mittleren Warthe formirt, die zugleich den Gesammt-Abschnitt in der Mitte durchschneidet, und hier, etwas näher der Haupthinderungslinie im Süden wie der im Norden, liegt Posen. Einer Festung, welche den betreffenden Raum beherrschen soll, kann kaum eine zutreffendere Placirung gewünscht werden. Auch der flüchtige Ueberblick einer Special-Karte zeigt, wie hier die Vertheidigung ihren Hauptnerv allein schon aus Rücksicht auf das Terrain, zu suchen hat. Die Kritik kann sich darum nur im hohen Maaße anerkennend über die Wahl äußern, die von einem ebenso gesunden und richtigen militärischen wie politischen Urtheil zeugt. Dieser Anerkennung wird es keinen Eintrag thun, wenn man nichtsdestoweniger den betreffenden Raum zwischen Oder und Weichsel durch Posen noch nicht für ausreichend gedeckt erachtet; wenn man zugeben muß, daß die in Rede stehende Festung Schlesien wie Hinterpommern einen nur sehr entfernten und darum unzureichenden Flankenschutz gewähret und, im Allgemeinen, die Lage derselben der Art ist, daß ein Defensiv-Krieg Preußens wider Rußland mehr Vortheile aus dem Platze ziehen wird, wie ein Offensiv-Krieg, wobei es wiederum schwer in's Gewicht fällt, daß die erstere Form unserem strategischen, auf der Gestaltung der Landesgrenze fußenden Interesse wenig entspricht. Aus diesem letzteren Umstande nehmen wir Anlaß, zwischen die vorausgegangene Erörterung und die Fortsetzung unserer Darstellung der preußischen Landesbefestigung im Osten, ein Kapitel über unser strategisches Verhältniß zu Rußland, über die Befestigungen dieser Macht in Polen, und die Chancen und Bedingungen eines Krieges wider sie einzuschieben.

IV.

Strategische Lage Preußens zu Rußland im Besonderen und Folgerungen, die sich aus ihr ergeben.

Wir haben, wie bereits erwähnt worden, Rußland gegenüber in erster Linie zwei von einander durch den breiten Weichselstrom geschiedenen, an Größe ungleiche, und in besondere strategische Verhältnisse hinein gewiesene Vertheidigungs-Räume zu unterscheiden. Der transvistulische preußische Besitz ist, ohne Frage, der einem Angriff am meisten blosgestellte, und kann in dieser Hinsicht die Lage des transrhenanischen, die durch Belgien und Holland auf der entscheidenden Fronte gedeckt wird, der seinigen nicht verglichen werden. Denn Ostpreußen wird auf drei Seiten von Rußland bedroht, indem es das russische Litthauen in Fronte und russisch Polen in der rechten Flanke hat, in der linken aber das, von der russischen Seemacht beherrschte baltische Meer. Dabei liegt die Weichsel ihm im Rücken, und beschränkt es während des Eisganges auf nur wenige Verbindungspunkte mit dem Gros der Monarchie. Wenn vordem die Nachtheile einer derartigen Situation nicht in dem Maaße wie heute in Betracht kamen, so war dies in dem Doppel-Umstande begründet: daß Landungen in Masse erst in neuester Zeit, seit Einführung des Dampfes als Hauptbewegungs-Prinzip der Kriegsflotten, zu den leicht ausführbaren Operationen gehören, und daß früher die sogenannten südpreußischen Sümpfe, in der Richtung auf russisch Polen, wegen der durchaus mangelnden Communicationen als ein weit wirksamerer Flankenschutz angesehen werden konnten, wie in unseren Tagen. Die Gefahren, mit denen Rußland von den beiden Ostpreußen zangenförmig umfassenden Landfronten, und von der See aus, diese Provinz bedroht, werden aber durch den Umstand, daß unser gewaltige Gegner ein ausgedehntes, und Westpreußen nahe gestelltes Gebiet auf dem linken Ufer der mittleren Weichsel besitzt, noch bedeutend erhöht. Denn von diesem aus können unsere Befestigungen an der unteren Weichsel in den Rücken genommen werden, in welchem Falle sie nicht mehr die Bedeutung von Verbindungsgliedern des preußischen transvistulischen Ostens mit dem cisvistulischen Westen oder dem Gros der Monarchie haben würden, und die Ostprovinz von diesem letzteren abgeschnitten werden.

Dieser linkswärts der Weichsel gelegene russische Besitz ist der schwere, und mehr und mehr beängstigend drückende Alp, der auf Preußen lastet. Es wäre von der allerhöchsten Bedeutung, wenn große Weltereignisse unserem Staate noch ein Mal, wie dieses in den Jahren 1854 und 55 der Fall war, eine Gelegenheit böten, dieses von Natur und Rechtswegen uns angehörende Gebiet, dem immer drohender werdenden Nachbar zu entreißen. Die Aufgabe wäre damals nicht leicht gewesen, und sie gestaltet sich von Jahr zu Jahr schwieriger. Denn Rußland hat das betreffende Gebiet, welches wie ein Keil in Preußens Grenzen eindringt, durch fortificatorische Anlagen gesichert, die an Großartigkeit keinen Anderen im Welttheil Etwas nachgeben, und bei deren Ausführung leider die in Preußen gemachten, theuer zu stehen gekommenen Erfahrungen haben benutzt werden können. Das an und für sich offene Warschau mit Praga und der Alexander-Citadelle, Modlin (Nowo Georgiewsk) und Demblin (Iwanogrod) sind ebenso viele im riesigen Maaßstabe ausgeführte doppelte Brückenköpfe, vermöge deren die Russen jeder Zeit, so lange sie nicht genommen sind, und diese Wegnahme ist in der Fronte (von Westen) am schwierigsten, die freie und gesicherte Passage nach dem linken Ufer haben. Es wird in betrübendster und beschämender Weise immer ein denkwürdiges Factum bleiben, und für welches es kein zweites, entsprechendes Beispiel in der Weltgeschichte giebt, daß diese wider Preußen bestimmten, wenn auch auf die Wiederholung einer etwaigen polnischen Insurrection mit berechneten Plätze, nach dem Muster preußischer Festungen, und unter gefälliger rathender Mitwirkung eines preußischen Ingenieur-Corps-Chefs (des Generals von Rauch) zur Ausführung gekommen sind. Russischer Dünkel hat sich dabei nicht auf die maßvollen und viel erwogenen Proportionen unserer Anlagen beschränken, und die Festen des großen Reiches in ein gewisses Verhältniß zu dessen überlegenen Raum-Dimensionen setzen wollen. Man baute eben nicht für die nächsten Zeiten, in denen man der preußischen Allianz und der Freundschaft der hohenzollerschen Dynastie sicher sein zu dürfen meinte, sondern den Blick auf die Zukunft und das unbegrenzte Wachsthum der russischen Streitmacht gewendet. Außerdem handelt es sich für das Czaren-Reich nicht **darum,** an der Mittelweichsel eine befestigte Basis für einen Krieg Rußlands wider Preußen, **sondern wider Europa** einzurichten.

Dergleichen weit schauende, eine Welt-Kriegs-Politik in Aussicht nehmende Gesichtspunkte haben schließlich zu Werken in einem Maaßstabe geführt, neben welchem derjenige, der den großartigen Conceptionen zur Befestigung von Königsberg und Posen unterlag, in mancher Hinsicht verschwindet.

Aber Rußland ist noch einen Schritt weiter gegangen. Indem es Lowicz an der wichtigen bereits erwähnten Bzuralinie erbaute, hat es den Fuß fest in Mitten von West-Polen hinein gesetzt, und einen gewaltigen Offensiv-Platz gegründet, der Berlin näher gelegen ist, als irgend eine andere große fremdmächtliche Festung.

Aus der geographischen Lage des russischen Polens allein schon, und zwar ohne Rücksichtnahme auf die daselbst getroffenen fortificatorischen Arrangements, ergiebt sich, daß es für Preußen viele Bedenken haben würde, einen Krieg wider Rußland in der Form einer frontalen und directen Defensive zu führen, indem es unter solcher Voraussetzung seine Streitkräfte zersplittern, und Rußland alle Vortheile einer centralen Offensive, d. h. der stärksten Angriffsform, überlassen müßte. Man denke sich die Chancen eines Kampfes, in welchem Preußen, seinem gewaltigen Gegner gegenüber, sich auf die reine Vertheidigung beschränken wollte. Wir bedürften zu dem Zweck dreier gesonderter Armeen, einer ostpreußischen, einer des Centrums und einer schlesischen. Zwischen je zweien würden wir die Verbindung deckende Corps aufzustellen haben, und unsere ostpreußische Streitmacht würde sich in dem schwierigen Fall befinden, nach zwei Seiten hin, gegen Litthauen und Polen Fronte zu machen. Offenbar würde die russische Kriegführung, diesen drei Armeen gegenüber sich in der allerentschiedensten strategischen Ueberlegenheit befinden. Sie würde vom linken Weichselufer aus agiren, und mit gesammelten Kräften auf eine der beiden gesonderten preußischen Heeresmassen in Schlesien und im Centrum fallen.

Wenn eine reine Defensive, Rußland gegenüber, als ausnehmend bedenklich erscheinen muß, so wird ein offensives Verfahren sich um so mehr empfehlen. Ein wirksamer Angriffskrieg Preußens gegen die Ostmacht kann aber nicht von der Mittel-Fronte aus geführt werden, indem man damit den Gegner in seiner entschiedenen Stärke, so zu sagen den Stier bei den Hörnern angreifen würde. Vom Großherzogthum Posen und Schlesien ausgehend, fände der Krieg, auch wenn er mit großem Talent und mit einer für spätere Zeiten wenig in Aussicht stehenden Uebermacht geführt würde, immer doch an der Weichsel höchst wahrscheinlich eine nicht zu bezwingende Widerstands-Linie. Diese von Defensivmitteln starrende Fronte würde der Angriffsbewegung, wie mächtig auch ihr Impuls sein möchte, Halt gebieten, und je sicherer Rußland in seiner rückgezogenen Position sich befände, desto weniger Aussichten wären darauf vorhanden, den Krieg mit einem Frieden zu beendigen, der uns ein nennenswerthes Resultat, geschweige denn ein mit den gemachten Anstrengungen und den gebrachten Opfern in Verhältniß stehendes gewährte.

Unser Angriff wider Rußland kann darum nur vom rechten Ufer der Weichsel, d. h. von Ostpreußen aus geführt werden. Seine entscheidende Richtung ist die nach Süden, wodurch er die mächtige russische Weichselbasis in den Rücken nimmt, und dieselbe von dem Gros des Reiches abschneidet. Aber der betreffende Vorgang würde sich leichter ausführen lassen, wenn wir, in Betreff unserer linken Flanke, ein Schutzmittel besäßen, wie es uns auf einer wichtigen Strecke der Niemen gewähren würde, falls wir denselben bis Grodno besäßen. Welche Vortheile der Angriff von Ostpreußen aus aber immerhin bieten mag, so ist, ganz abgesehen davon, daß die Vorbewegung ihre linke Flanke schwer zu decken im Stande ist, die Zahl und Bedeutung der dem Gelingen entgegen stehenden Schwierigkeiten nicht gering zu achten. Denn Rußland, welches bei seiner Erwerbung von Polen, wie überhaupt bei den Verhandlungen auf dem Wiener Congreß, mit einem seltenen strategischen Scharfblick seine militairischen Interessen wahrzunehmen wußte, ist, der betreffenden Offensive gegenüber, nicht ohne einen starken Schutz. Es ist die doppelte und, weil im Weichlande gelegen, sehr widerstandsfähige Flußlinie des Narew und des Bug, welche es fähig machen, bald nachdem der preußische Angriff die Grenze überschritten haben wird, ihm Fronte zu bieten, auch für den mit der Zeit mehr und mehr unwahrscheinlichen Fall, in welchem wir uns einer bedeutenden numerischen Ueberlegenheit zu erfreuen haben. Die vorerwähnte Festung Modlin, Nowo-Georgiewsk, hat insofern eine meisterhaft ausgewählte Lage, als sie, auch nach dieser Richtung hin, und zwar gleich in erster Linie, in die allerentschiedenste Wirksamkeit zu treten vermag. Sie ist der mächtige und nur mit äußersten Anstrengungen umzustoßende Stütz-Pfeiler, mittelst dessen die um einen vollen rechten Winkel und mehr aus der Richtung von Westen nach Norden umgewendete russische Vertheidigungs-Fronte sich an die Weichsel anschließt. Eine hier concentrirte feindliche Armee befindet sich in einer Lage, die man für uns kaum bedrohlicher und Bedenken erregender sich vorstellen kann. Sie hat beide Weichselufer zu einer Gegen-Operation nach Norden hin vor sich, und kann, je nach Umständen, falls sie uns eine Diversion machen will, auf dem einen oder dem anderen vorgehen. Unmittelbar hinter sich hat sie Warschau, welches sie decken soll und vermag dessen reiche Ressourcen mittelst einer kurzen Verbindungslinie von wenigen Meilen, und die kaum durchschnitten werden kann, auszunutzen. Um vieles bedeutsamer aber noch ist die im unübertroffenen Maaßstabe befestigte Position von Modlin (Novo-Georgiewsk) wenn man sie nicht sowohl als den Concentrations- wie vielmehr als den Pivot-Punkt einer ihr Centrum und ihren rechten Flügel an den genannten Wasserlinien entwickelnden russischen Armee ansieht. Diese kann, indem sie links nicht von der Stelle weicht, zuerst und in vorderster Linie den Narew und darnach, indem sie auf den Bug zurückgeht, diesen vertheidigen. So lange der Narew noch nicht verloren gegangen, hat die russische Defensive die Verbindung mit Litthauen in der Verlängerung und rückwärts von ihrem linken Flügel, wie auch mit dem ganzen russischen Süden frei und kann um deswillen ununterbrochen die Nachschübe und Reserven wie das nothwendige Ergänzungs-Material aus dem ganzen Reichsgebiet auf dem kürzesten Wege an sich ziehen. Nachdem aber der Narew verloren gegangen, sichert die Festhaltung des Bug, die Communikation mit Reußen und mit den Süd-Provinzen auf direkter Linie, und mittelst derselben mit Nordrußland auf mehr oder weniger bedeutenden Umwegen.

Mit einem ausgezeichneten Takte des strategischen Urtheils, den sie in der neueren Zeit überhaupt in so vielen Fällen bekundeten, legten die Russen auf demjenigen Punkte der Buglinie [welche letztere die centralere und darum wichtigere ist,] wo diese sich an die Pinsker- und Pripet-Sümpfe anschließt und zugleich im Scheitelpunkt der Nord- und Süd-Rußland mit Polen verbindenden nächsten Communikationen die Festung Brzesc Litewski an. Der letztgenannte Platz schließt die Vertheidigungs-Linie des Bug in derselben Weise rechts an die erwähnten Sümpfe an, wie Modlin sie mit der Weichsel fortificatorisch verbindet und kann in dieser Weise als der zweite massive Stützpfeiler angesehen werden, welchen Rußland dieser Flußfronte gegeben hat. Einen weiteren Halt besitzt dieselbe in den Befestigungen von Sierock, einem Platze der das Mündungsgebiet des Narew in den Bug beherrscht und der um deswillen, gleich Modlin, als eine Festung in erster und zweiter Linie zugleich, und als ein rechtswärts geschobenes Pivot angesehen werden kann, welches, bei seiner gleichgemessenen Entfernung von Modlin (Novo Georgiewsk) einerseits und Warschau mit Praga und der Alexander = Citadelle andererseits, hier eine Gruppe abschließt, die nach dem Urtheil Napoleons I. der diese Oertlichkeiten im Feldzuge von 1807 näher zu würdigen Gelegenheit hatte, von keiner anderen übertroffen sind. Denn es werden von diesen Plätzen nicht nur drei mächtige Stromlinien, die Weichsel der Bug und der Narew fest in die Hand genommen und centralen von ihnen ausgehenden Operationen ihre sechsfach verschiedenen Ufer offen erhalten, sondern mehrere secundäre Fluß- und Sumpf-Linien vereinigen sich hier zugleich mit den vorgenannten und bieten dem großen Manövre-Krieg Anhaltspunkte zu einer unerschöpflichen Menge von Combinationen. Diese stark verwahrte Linie des Bug mit den beiden linkswärtigen Festungen Modlin (Novo Georgiewsk) und Sierock, die mit den warschauer Anlagen zu einem Partial-System zusammen greifen und mit der rechtswärtigen starken Flügel-Feste Brzesc Litewski würde zu durchbrechen sein, ehe Preußen im Stande wäre, die russischen Weichsel-Positionen von dem Gros des Reiches und damit von den ihnen bestimmten Nachschüben und Reserven zu isoliren. Die Schwierigkeiten, die dem entgegen stehen sind allerdings außerordentlich. Nichtsdestoweniger beruhen in einem künftigen Kriege mit Rußland auf einem derartig gerichteten Angriff fast alle Hoffnungen eines guten und lohnenden, in den zu gewinnenden Resultaten mit den aufzuwendenden Mitteln und Opfern im Verhältniß stehenden Erfolges, und eine Modifikation der angedeuteten Offensiv-Tendenz würde nur in dem einen Fall möglich sein, wenn Oesterreich gemeinsame Sache mit uns machte, wo dann allerdings in Frage kommen würde: ob es nicht vorzuziehen sei, anstatt auf Modlin (Novo Georgiewsk) auf Demblin (Iwanogrod) den entscheidenden ersten Schlag fallen zu lassen und die vorher erwähnten Vertheidigungslinien des Bug und Narew von Süden aus anzugreifen. Gewiß ist, daß man den russischen linken Flügel leichter aufzurollen vermöchte wie den rechten, und daß eine Ueberwältigung der russischen Defensive in Warschau Praga sich leichter ausführen läßt, wenn man von der oberen Weichsel, wie wenn man von der unteren aus agirt. Schließlich würde in einem solchen Kriege der Druck der überlegenen Massen, die sich auf unserer Seite befänden, die Sache im offenen Felde schnell zur Entscheidung bringen und den Widerstand auf Modlin und Sierock zurück werfen, die, von Brzesc Litewski isolirt und letztlich cernirt, mit ihrem Fall den des russischen Polens besiegeln würden.

Wir gehen hier nicht auf die Vortheile ein, die Rußland unfehlbar durch den weiteren Ausbau seines Eisenbahnsystems auf dem fraglichen polnischen Kriegstheater für Angriffs- wie für Vertheidigungs-Zwecke gewinnen wird und zum Theil durch diese Mittel für die beschleunigte Massen-Translocirung bereits gewonnen hat, indem wir uns hier streng und ausnahmelos an den uns vorliegenden Gegenstand, die Befestigungen zu halten haben, um unsere Arbeit in denjenigen Grenzen zu halten, die von ihrem Zweck und dem für sie genommenen leitenden Gesichtspunkt bedingt werden.

Die Möglichkeit, daß umgekehrt Oesterreich einem russischen wider Preußen bezweckten Angriff seinen Beistand leihen könnte, erachten wir allerdings nur für eine sehr entfernt stehende auf die unser Staat indeß immerhin ernste Rücksicht zu nehmen haben wird. Unser deutscher Bundesgenosse befand sich im Jahre 1850 nicht weit entfernt von dem Abschlusse einer gegen uns gewendeten Offensiv-Allianz mit Rußland und bekundete geringe Bedenken, in Combinationen einzutreten, die darauf hinzielten, nicht nur preußisches Territorium an Oesterreich, sondern anderes zugleich an den Czaaren zu bringen. Der doppelte Kriegsfall auf den wir hier hindeuten, wäre einer der schwierigsten, in die Preußen verwickelt werden könnte, wenn auch heute noch nicht von verzweifelter Natur. Jedermann wird klar sein, wie die Provinz Schlesien unter der gemachten Voraussetzung, Haupt-Entscheidungsraum mindestens in der Einleitungs-Epoche des Kampfes sein würde. Wir wären dort allerdings doppelt umfaßt, könnten aber eben deshalb vielleicht die Vortheile der centralen Vertheidigung am besten ausbeuten.

Die andere Eventualität eines gemeinsamen Agirens Preußens und Rußlands wider Oesterreich ziehen wir in keine Erwägung, weil sie, unserer Ueberzeugung nach, den bestehenden Verhältnissen gemäß und zwar der Grund-Prinzipien der preußischen und russischen Politik wegen, *keine Existenz hat*. Rußland wird nimmer Preußen, d. h. die moralisch stärkere Macht in Deutschland gegen Oesterreich, die moralisch schwächere, wenn auch über bedeutendere materielle Mittel verfügende unterstützen; indem es dadurch Machtverhältnisse in dem ihm zunächst gelegenen Raume des Erdtheils, der Mitte Europa's, herbeiführen würde, die seinen Interessen um vieles weniger zusagende wären, wie die heute dort bestehenden. *Noch viel entschiedener aber ist die Abneigung*

Preußens gegen eine russische Kriegs-Allianz wider Oesterreich, welche wir nicht anstehen als eine Unmöglichkeit zu bezeichnen. Denn ohne alle leitenden Gesichtspunkte seiner Staatsführung aufzugeben, kann die hohenzollersche Monarchie nimmermehr in eine politische Combination eintreten, durch die, neben der Gewinnung eigener Vortheile zugleich die Verstärkung Rußlands auf Kosten Oesterreichs bezweckt werden würde.

Eine russische Cooperation mit einer mitteleuropäischen Macht wider die andere beschränkt sich daher auf den einen Fall eines Zusammengehens mit dem österreichischen Kaiserstaat wider uns; und wie wenig nahe heute auch immerhin eine derartige Alliance gelegen sein mag: ihre Möglichkeit ist nichtsdestoweniger unläugbar, und Preußen hat, wie schon bemerkt, allen Grund, sein Vertheidigungs-Arrangement im Ganzen und Großen mit darauf zu berechnen.

V.

Die Befestigungen in Schlesien und der Provinz Preußen.

Die preußischen Strategen, welche die Grundzüge des Vertheidigungs-Systems unseres Staates im Osten durch fortificatorische Anlagen ein und für alle Mal, mindestens für eine längere Zeitperiode, festzulegen hatten, befanden sich nach den eben gemachten Auseinandersetzungen zwischen sehr schwierigen Alternativen gestellt. Viele Umstände, es ist wahr, welche die Aufgabe heute im Besonderen schwierig machen würden, bestanden damals noch nicht, aber im Allgemeinen war die Situation darnach angethan, um auch auf den Unbefangensten den Eindruck des Bedenklichen zu machen. Unsere, mit dem Plan für die ostwärtige Landesbefestigung betrauten, militairischen Autoritäten hatten die heikle Aufgabe auf sich zu nehmen: die unerhörten und beispiellosen Fehler, welche von den preußischen Staatsmännern auf dem Wiener Congresse, unseligen Andenkens, begangen worden waren, auszugleichen oder mindestens weniger nachwirkend zu machen. Wir können nicht umhin, hier die Bemerkung einzuschieben, wie es eine durchaus fehlgerichtete und ihrer letzten Consequenzen sich unbewußte Politik war, welche Preußen damals eng zu Rußland, d. h gerade zu derjenigen Macht halten ließ, der gegenüber wir die weitesten und dringendsten, wie legitimsten territorialen Ansprüche durchzusetzen hatten, und die ihrerseits am wenizsten disponirt war, aus bloßer Freundschaft und Gutwilligkeit uns in dieser Hinsicht! Concessionen zu machen. Der allerwesentlichste unter diesen Ansprüchen, und der zugleich einer der rechtlich am stärksten begründeten war, bezog sich auf die Wiederherstellung des Besitzstandes in Polen, wie er vor 1806 gewesen. Auch war es von der größten und entscheidendsten Wichtigkeit, auf die Rückgabe der beiden Kreise zu bestehen, die wir im Frieden von Tilsit an unseren eigenen Verbündeten, den russischen Czaaren Alexander I., verloren, der die Stirn hatte, das im Kampfe an seiner Seite niedergeworfene Preußen, nachdem sein Sturz eine Thatsache geworden, gemeinsam mit dem maßlosen, von unversöhnlichem Haß erfüllten Sieger zu plündern. Durch diese beiden Kreise hätten wir einen Theil des Niemen zur Grenze zurückgewonnen, und wären damit für unser jenseits der Weichsel gelegenes Gebiet in den Besitz einer deckenden Front nach Osten hin, gelangt, die wir heute in so hohem Maaße schmerzlich vermissen; der vortheilhaften Stellung zum Narew hier gar nicht zu gedenken. Wir waren damals leider schwach und erschöpft. Man hatte die Ansicht, daß die Anstrengungen Preußens zu einer Grenze gekommen seien, über die hinaus sie nicht verlängert werden könnten; man tröstete sich damit, daß einstweilen genug geschehen sei für die Retablirung des norddeutschen Großstaats, und man irrte sich dabei in der Schätzung des freudigen und unerschöpflichen Opfermuthes der preußischen Nation, welche, um der Zukunft der Monarchie die nothwendigen Garantien zu verschaffen, auch eine Campagne wider Rußland, unmittelbar nach den Kämpfen am Montmartre oder bei Ligny und Waterloo nicht gescheut haben würde.

Um einen näheren Einblick in die Erwägungen zu geben, die den preußischen Strategen, nachdem Thorn und Posen in Bau genommen waren, in Betreff der Wahl der weiteren Befestigungspunkte sich aufdrängten, ist es nothwendig, zuvor Schlesiens Lage und seine Vertheidigungsmittel näher in Betracht zu ziehen. Denn die Rücksicht auf dieselben machte sich sehr stark geltend, und wenn sie auch letzlich den Ausschlag zur Entscheidung nicht gegeben hat, so verzögerte sie mindestens diese letztere.

Im Allgemeinen hat man Schlesien als eine der bedrohtesten unter den preußischen Provinzen anzusehen, denn nicht weniger wie die Ostprovinz ist sie umfaßt, und steht außerdem, nicht wie jene nur zu einer Kriegs-Eventualität, zu der mit Rußland, sondern zu zweien, mit Oesterreich und jenem in directer Beziehung.

Die dem deutschen Kaiserstaat entgegen gewendete Grenze Schlesiens ist von größerer Ausdehnung wie diejenige, welche diese Provinz mit dem russischen Polen gemein hat, aber zugleich unterscheidet beide der Umstand, daß jene, weil von einem Gebirge formirt, die weniger zugänglichere, diese dagegen eine offene, nur durch einige wenig bedeutende Flußläufe gedeckte ist, und es beruht auf diesem letzteren Umstande, wenn die Bedrohung von russischer Seite her, [von der politischen Wahrscheinlichkeit, die außerdem nach dieser Richtung hin eine viel größere ist, durchaus abgesehen,] als mindestens ebenso groß und ernste Bedenken erregend angesehen werden muß, wie die von österreichischer.

Es fällt darum sicher nur um so schwerer in's Gewicht, daß das Festungssystem der betreffenden Provinz ein wesentlich nur gegen Oesterreich gewendetes, und beinahe ausschließlich auf den Kriegsfall mit dieser Macht berechnetes ist. Von den sechs Festungen, welche Schlesien decken, Schweidnitz, Silberberg, Glatz, Neisse, Glogau und Kosel, sind die vier ersteren im eigentlichsten Sinne als Grenzfestungen wider Böhmen und Mähren anzusehen. Auch Kosel hat mehr eine Richtung auf österreichisches Gebiet, wie auf russisches, und ist mehr bestimmt, wider Olmütz und Krakau die Waage zu halten, wie wider Iwanogrod, von dem es um so viel weiter entlegen ist, und nur Glogau, welches zwischen der russisch-polnischen und der österreichisch-böhmischen Grenze eine Mittelstellung einnimmt, hat gleich gewogene Beziehungen zu einem Vertheidigungskrieg wider Rußland wie gegen Oesterreich. Es ergiebt sich hieraus zunächst, daß Breslau mit seiner auf beinahe 130,000 Seelen ansteigenden, zum Theil reichen Einwohnerschaft die zweite Stadt des Staates und, nach Berlin und Hamburg, die größte und bedeutendste in ganz Norddeutschland, zwar gegen den directen Angriff von Böhmen oder Mähren her durch vier vorgelegene Festungen: Schweidnitz, Silberberg, Glatz und Neisse, gedeckt wird, einem Angriff von Rußland her aber um so mehr ausgesetzt ist, als zwischen der schlesischen Hauptstadt und der russisch-polnischen Grenze nicht ein einziges für den Defensivzweck, und namentlich als ein frontaler Schutz, in Betracht zu ziehendes Naturhinderniß gelegen ist. Denn unsere Diplomaten auf dem Wiener Congreß ließen auf dieser wichtigen Grenze nicht nur die obere Warthe, — welche, wenn man entschlossen war, auf den Besitz von Warschau, was man vordem besaß, zu verzichten, und Rußland das linke Weichsel-Ufer im mittleren Stromlaufe zu übergeben, das geringste Zugeständniß war, das, unter solchen Umständen, diese Macht uns zu machen hatte, — in die Hände des Czaaren fallen, sondern auch die weiter rückgelegene, die letzte Möglichkeit einer directen Grenzvertheidigung bietende Prosna verstanden sie uns nicht ganz zu wahren, indem sie Rußland gestatteten, gerade auf dem wichtigsten und für einen wider uns gewendeten Angriff entscheidenden Punkte, Kalisch, auf das linke Ufer überzugreifen, um sich diesseits für spätere fortificatorische Anlagen im Voraus das nothwendige Terrain zu sichern.

Wir haben in diesen Thatsachen, — die um so trauriger und niederschlagender sind, als sie die Früchte, welche Preußen, vermöge seiner beispiellosen Anstrengungen im Kampfe mit Napoleon, als einen gerechten Lohn für dieselben einerndten zu dürfen hoffte, in einer unerhörten Weise ihm entzogen haben, — die Folgen klar vor Augen, die es hat, wenn man zur Durchführung der allerwichtigsten und die Staatszukunft entscheidenden Unterhandlungen nicht die berufenen Männer verwendet; daß wir einen leichtsinnigen Lebemann ohne Tiefe des Wissens und Festigkeit der Prinzipien als ersten Repräsentanten zum Wiener Congreß gesendet hatten, und neben ihm einen zwar hoch achtbaren und mit Recht verehrten Minister, der aber, mehr Gelehrter als praktischer Staatsmann, für Literatur und Sprachforschung mehr Sinn und mehr Talent hatte, wie für große Politik, – dieser doppelte Fehler, der sich bis heute als ein unverbesserlicher erwiesen, hat uns um einen wichtigen Theil unserer Stellung und Haltung in Europa gebracht, deren Wiedergewinnung so viel Hingabe und Blut des Volkes gesichert zu haben schien. Die wahren Staatsmänner waren allerdings selten zu jener Zeit in Preußen und eine eminente Capacität, welche der Bewältigung der so verwickelten und umfassenden Wiener Aufgabe gewachsen gewesen wäre, wohl nicht leicht zu finden. Was man auch dagegen einwenden mag: wir sind der festen Ueberzeugung: heute, in dieser Beziehung, reicher zu sein. Am mindesten hätte vielleicht der, wenn auch von Character schätzbare und nach vielen Seiten hin hochverdiente, aber nichtsdestoweniger vielfach geistig beschränkte, höchst wahrscheinlich eine nicht zu bezwingende Widerstands-Linie. Diese von Defensivmitteln starrende Fronte würde der Angriffsbewegung, wie mächtig auch ihr Impuls sein möchte, Halt gebieten, und je sicherer Rußland in seiner rückgezogenen Position sich befände, desto weniger Aussichten wären darauf vorhanden, den Krieg mit einem Frieden zu beendigen, der uns ein nennenswerthes Resultat, geschweige denn ein mit den gemachten Anstrengungen und den gebrachten Opfern in Verhältniß stehendes gewährte.

Unser Angriff wider Rußland kann darum nur vom rechten Ufer der Weichsel, d. h. von Ostpreußen aus geführt werden. Seine entscheidende Richtung ist die nach Süden, wodurch er die mächtige russische Weichselbasis in den Rücken nimmt, und dieselbe von dem Gros des Reiches abschneidet. Aber der betreffende Vorgang würde sich leichter ausführen lassen, wenn wir, in Betreff unserer linken Flanke, ein Schutzmittel besäßen, wie es uns auf einer wichtigen Strecke der Niemen gewähren würde, falls wir denselben bis Grodno besäßen. Welche Vortheile der Angriff von Ostpreußen aus aber immerhin bieten mag, so ist, ganz abgesehen davon, daß die Vorbewegung ihre linke Flanke schwer zu decken im Stande ist, die Zahl und Bedeutung der dem Gelingen entgegen stehenden Schwierigkeiten nicht gering zu achten. Denn Rußland, welches bei seiner Erwerbung von Polen, wie überhaupt bei den Verhandlungen auf dem Wiener Congreß, mit einem seltenen strategischen Scharfblick seine militairischen Interessen wahrzunehmen wußte, ist, der betreffenden Offensive gegenüber, nicht ohne einen starken Schutz. Es ist die doppelte und, weil im Weichlande gelegen, sehr widerstandsfähige Flußlinie des Narew und des Bug, welche es fähig machen, bald nachdem der preußische Angriff die Grenze überschritten haben wird, ihm Fronte zu bieten, auch für den mit der Zeit mehr und mehr unwahrscheinlichen Fall, in welchem wir uns einer bedeutenden numerischen Ueberlegenheit zu erfreuen haben. Die vorerwähnte Festung Modlin, Nowo-Georgiewsk, hat insofern eine meisterhaft ausgewählte Lage, als sie, auch nach dieser Richtung hin, und zwar gleich in erster Linie, in die allerentschiedenste Wirksamkeit zu treten vermag. Sie ist der mächtige und nur mit äußersten Anstrengungen umzustoßende Stütz-Pfeiler, mittelst dessen die um einen vollen rechten Winkel und mehr aus der Richtung von Westen nach Norden umgewendete russische Vertheidigungs-Fronte sich an die Weichsel anschließt. Eine hier concentrirte feindliche Armee befindet sich in einer Lage, die man für uns kaum bedrohlicher und Bedenken erregender sich vorstellen kann. Sie hat beide Weichselufer zu einer Gegen-Operation nach Norden hin vor sich, und kann, je nach Umständen, falls sie uns eine Diversion machen will, auf dem einen oder dem anderen vorgehen. Unmittelbar hinter sich hat sie Warschau, welches sie decken soll und vermag dessen reiche Ressourcen mittelst einer kurzen Verbindungslinie von wenigen Meilen, und die kaum durchschnitten werden kann, auszunutzen. Um vieles bedeutsamer aber noch ist die im unübertroffenen Maaßstabe befestigte Position von Modlin (Novo-Georgiewsk) wenn man sie nicht sowohl als den Concentrations- wie vielmehr als den Pivot-Punkt einer ihr Centrum und ihren rechten Flügel an den genannten Wasserlinien entwickelnden russischen Armee ansieht. Diese kann, indem sie links nicht von der Stelle weicht, zuerst und in vorderster Linie den Narew und darnach, indem sie auf den Bug zurückgeht, diesen vertheidigen. So lange der Narew noch nicht verloren gegangen, hat die russische Defensive die Verbindung mit Litthauen in der Verlängerung und rückwärts von ihrem linken Flügel, wie auch mit dem ganzen russischen Süden frei und kann um deswillen ununterbrochen die Nachschübe und Reserven wie das nothwendige Ergänzungs-Material aus dem ganzen Reichsgebiet auf dem kürzesten Wege an sich ziehen. Nachdem aber der Narew verloren gegangen, sichert die Festhaltung des Bug, die Communikation mit Reußen und mit den Süd-Provinzen auf direkter Linie, und mittelst derselben mit Nordrußland auf mehr oder weniger bedeutenden Umwegen.

Mit einem ausgezeichneten Takte des strategischen Urtheils, den sie in der neueren Zeit überhaupt in so vielen Fällen bekundeten, legten die Russen auf demjenigen Punkte der Buglinie [welche letztere die centralere und darum wichtigere ist,] wo diese sich an die Pinsker- und Pripet-Sümpfe anschließt und zugleich im Scheitelpunkt der Nord- und Süd-Rußland mit Polen verbindenden nächsten Communikationen die Festung Brzesc Litewski an. Der letztgenannte Platz schließt die Vertheidigungs-Linie des Bug in derselben Weise rechts an die erwähnten Sümpfe an, wie Modlin sie mit der Weichsel fortificatorisch verbindet und kann in dieser Weise als der zweite massive Stützpfeiler angesehen werden, welchen Rußland dieser Flußfronte gegeben hat. Einen weiteren Halt besitzt dieselbe in den Befestigungen von Sierock, einem Platze der das Mündungsgebiet des Narew in den Bug beherrscht und der um deswillen, gleich Modlin, als eine Festung in erster und zweiter Linie zugleich, nnd als ein rechtswärts geschobenes Pivot angesehen werden kann, welches, bei seiner gleichgemessenen Entfernung von Modlin (Novo Georgiewsk) einerseits und Warschau mit Praga und der Alexander-Citadelle andererseits, hier eine Gruppe abschließt, die nach dem Urtheil Napoleons I. der diese Oertlichkeiten im Feldzuge von 1807 näher zu würdigen Gelegenheit hatte, von keiner anderen übertroffen sind. Denn es werden von diesen Plätzen nicht nur drei mächtige Stromlinien, die Weichsel der Bug und der Narew fest in die Hand genommen und centralen von ihnen ausgehenden Operationen ihre sechsfach verschiedenen Ufer offen erhalten, sondern mehrere secundäre Fluß- und Sumpf-Linien vereinigen sich hier zugleich mit den vorgenannten und bieten dem großen Manövre-Krieg Anhaltspunkte zu einer unerschöpflichen Menge von Combinationen. Diese stark verwahrte Linie des Bug mit den beiden linkswärtigen Festungen Modlin (Novo Georgiewsk) und Sierock, die mit den warschauer Anlagen zu einem Partial-System zusammen greifen und mit der rechtswärtigen starken Flügel-Feste Brzesc Litewski würde zu durchbrechen sein, ehe Preußen im Stande wäre, die russischen Weichsel-Positionen von dem Gros des Reiches und damit von den ihnen bestimmten Nachschüben und Reserven zu isoliren. Die Schwierigkeiten, die dem entgegen stehen sind allerdings außerordentlich. Nichtsdestoweniger beruhen in einem künftigen Kriege mit Rußland auf einem derartig gerichteten Angriff fast alle Hoffnungen eines guten und lohnenden, in den zu gewinnenden Resultaten mit den aufzuwendenden Mitteln und Opfern im Verhältniß stehenden Erfolges, und eine Modifikation der angedeuteten Offensiv-Tendenz würde nur in dem einen Fall möglich sein, wenn Oesterreich gemeinsame Sache mit uns machte, wo dann allerdings in Frage kommen würde: ob es nicht vorzuziehen sei, anstatt auf Modlin (Novo Georgiewsk) auf Demblin (Iwanogrod) den entscheidenden ersten Schlag fallen zu lassen und die vorher erwähnten Vertheidigungslinien des Bug und Narew von Süden aus anzugreifen. Gewiß ist, daß man den russischen linken Flügel leichter aufzurollen vermöchte wie den rechten, und daß eine Ueberwältigung der russischen Defensive in Warschau Praga sich leichter ausführen läßt, wenn man von der oberen Weichsel, wie wenn man von der unteren aus agirt. Schließlich würde in einem solchen Kriege der Druck der überlegenen Massen, die sich auf unserer Seite befänden, die Sache im offenen Felde schnell zur Entscheidung bringen und den Widerstand auf Modlin und Sierock zurück werfen, die, von Brzesc Litewski isolirt und letztlich cernirt, mit ihrem Fall den des russischen Polens besiegeln würden.

Wir gehen hier nicht auf die Vortheile ein, die Rußland unfehlbar durch den weiteren Ausbau seines Eisenbahnsystems auf dem fraglichen polnischen Kriegstheater für Angriffs- wie für Vertheidigungs-Zwecke gewinnen wird und zum Theil durch diese Mittel für die beschleunigte Massen-Translocirung bereits gewonnen hat, indem wir uns hier streng und ausnahmelos an den uns vorliegenden Gegenstand, die Befestigungen zu halten haben, um unsere Arbeit in denjenigen Grenzen zu halten, die von ihrem Zweck und dem für sie genommenen leitenden Gesichtspunkt bedingt werden.

Die Möglichkeit, daß umgekehrt Oesterreich einem russischen wider Preußen bezweckten Angriff seinen Beistand leihen könnte, erachten wir allerdings nur für eine sehr entfernt stehende auf die unser Staat indeß immerhin ernste Rücksicht zu nehmen haben wird. Unser deutscher Bundesgenosse befand sich im Jahre 1850 nicht weit entfernt von dem Abschlusse einer gegen uns gewendeten Offensiv-Allianz mit Rußland und bekundete geringe Bedenken, in Combinationen einzutreten, die darauf hinzielten, nicht nur preußisches Territorium an Oesterreich, sondern anderes zugleich an den Czaaren zu bringen. Der doppelte Kriegsfall auf den wir hier hindeuten, wäre einer der schwierigsten, in die Preußen verwickelt werden könnte, wenn auch heute noch nicht von verzweifelter Natur. Jedermann wird klar sein, wie die Provinz Schlesien unter der gemachten Voraussetzung, Haupt-Entscheidungsraum mindestens in der Einleitungs-Epoche des Kampfes sein würde. Wir wären dort allerdings doppelt umfaßt, könnten aber eben deshalb vielleicht die Vortheile der centralen Vertheidigung am besten ausbeuten.

Die andere Eventualität eines gemeinsamen Agirens Preußens und Rußlands wider Oesterreich ziehen wir in keine Erwägung, weil sie, unserer Ueberzeugung nach, den bestehenden Verhältnissen gemäß und zwar der Grund-Prinzipien der preußischen und russischen Politik wegen, *keine Existenz hat*. Rußland wird nimmer Preußen, d. h. die moralisch stärkere Macht in Deutschland gegen Oesterreich, die moralisch schwächere, wenn auch über bedeutendere materielle Mittel verfügende unterstützen; indem es dadurch Machtverhältnisse in dem ihm zunächst gelegenen Raume des Erdtheils, der Mitte Europa's, herbeiführen würde, die seinen Interessen um vieles weniger zusagende wären, wie die heute dort bestehenden. *Noch viel entschiedener aber ist die Abneigung* bedrohende Flankenlinie, sondern zugleich eine gewaltige Basis, deren Verbindung mit dem Gros der Monarchie erst zu bedrohen ist, nachdem der Gegner die preußische Weichsel entweder umgangen oder forcirt hat, und die selbst in diesem äußersten Falle noch nicht als durchaus abgeschnitten anzusehen ist, weil vielleicht eine verbündete Flotte uns die Seepassage sichert.

So wird denn das preußische Gebiet jenseit der Weichsel, nachdem die großen Anlagen beendet worden, die heute in der Ausführung begriffen sind, oder in Angriffnahme kommen werden, zwischen zwei große und starke Vertheidigungs-Basen gestellt, und von denselben nicht minder umfaßt sein, wie von den russischen Grenzfronten. Scheitelpunkt dieser beiden, im stumpfen Winkel auf einander stoßenden Linien ist Danzig, und äußerste Flügelpunkte sind Thorn und Memel. Wir erachten die Basis der Haffs und Nehrungen mit Samland und dem Delta für stärker wie die der eigentlichen Weichsel, zumal letztere umgangen, nach Belieben von der einen oder anderen Seite her angegriffen und ohne bedeutende Schwierigkeiten, falls die Angriffsmacht ausreichend ist, coupirt werden kann.

Nahezu auf der Capitale des von beiden zusammenstoßenden Basen formirten Winkels, d. h. auf der Halbirungslinie desselben, liegt die im Neubau begriffene, seit den ersten vierziger Jahren fast mit Königsberg gleichzeitig begonnene Festung Lötzen. Sie ist das nicht übel gefundene Centrum einer nach Osten gewendeten Vertheidigungsfronte, welche ihren linken Flügel an den oberen Pregel, oder bei weiterer Ausdehnung über denselben hinaus, an den unteren Niemen anlehnt, die Inster, Angerapp, den Maurer-Sirding und andere vor sich, und die sogenannten südpreußischen Sümpfe in ihrer rechten Flanke hat, hinter sich aber eine zweite, der ersteren nahe parallel laufende Vertheidigungslinie, die durch die in Weich-Ufern fließende Alle formirt wird, welcher wiederum der untere Pregel und die Passarge die linke und rechte Flanke decken, und Königsberg als ein nächster Rückhalt dient. Man kann, in Beziehung auf diese Verhältnisse, die Wahl an und für sich nicht für ungeschickt halten, wird sie aber nur dann vollständig zu billigen vermögen, wenn man den etwas kleinlich genommenen strategischen Motiven, die außerdem nur rein defensive sind, eine vorwiegende Berechtigung zuerkennt. Die vier Millionen Thaler, welche der Bau von Lötzen nach seiner Vollendung etwa kosten wird, wären, unserer Meinung nach, zur besseren Verwendung gekommen, wenn man sie dem weiteren umhin, hier die Bemerkung einzuschieben, wie es eine durchaus fehlgerichtete und ihrer letzten Consequenzen sich unbewußte Politik war, welche Preußen damals eng zu Rußland, d. h gerade zu derjenigen Macht halten ließ, der gegenüber wir die weitesten und dringendsten, wie legitimsten territorialen Ansprüche durchzusetzen hatten, und die ihrerseits am wenigsten disponirt war, aus bloßer Freundschaft und Gutwilligkeit uns in dieser Hinsicht Concessionen zu machen. Der allerwesentlichste unter diesen Ansprüchen, und der zugleich einer der rechtlich am stärksten begründeten war, bezog sich auf die Wiederherstellung des Besitzstandes in Polen, wie er vor 1806 gewesen. Auch war es von der größten und entscheidendsten Wichtigkeit, auf die Rückgabe der beiden Kreise zu bestehen, die wir im Frieden von Tilsit an unseren eigenen Verbündeten, den russischen Czaaren Alexander I., verloren, der die Stirn hatte, das im Kampfe an seiner Seite niedergeworfene Preußen, nachdem sein Sturz eine Thatsache geworden, gemeinsam mit dem maßlosen, von unversöhnlichem Haß erfüllten Sieger zu plündern. Durch diese beiden Kreise hätten wir einen Theil des Niemen zur Grenze zurückgewonnen, und wären damit für unser jenseits der Weichsel gelegenes Gebiet in den Besitz einer deckenden Front nach Osten hin, gelangt, die wir heute in so hohem Maaße schmerzlich vermissen; der vortheilhaften Stellung zum Narew hier gar nicht zu gedenken. W i r w a r e n d a m a l s l e i d e r s c h w a c h u n d e r s c h ö p f t. Man hatte die Ansicht, daß die Anstrengungen Preußens zu einer Grenze gekommen seien, über die hinaus sie nicht verlängert werden könnten; man tröstete sich damit, daß einstweilen genug geschehen sei für die Retablirung des norddeutschen Großstaats, und man irrte sich dabei in der Schätzung des freudigen und unerschöpflichen Opfermuthes der preußischen Nation, welche, um der Zukunft der Monarchie die nothwendigen Garantien zu verschaffen, auch eine Campagne wider Rußland, unmittelbar nach den Kämpfen am Montmartre oder bei Ligny und Waterloo nicht gescheut haben würde.

Um einen näheren Einblick in die Erwägungen zu geben, die den preußischen Strategen, nachdem Thorn und Posen in Bau genommen waren, in Betreff der Wahl der weiteren Befestigungspunkte sich aufdrängten, ist es nothwendig, zuvor Schlesiens Lage und seine Vertheidigungsmittel näher in Betracht zu ziehen. Denn die Rücksicht auf dieselben machte sich sehr stark geltend, und wenn sie auch letzlich den Ausschlag zur Entscheidung n i c h t gegeben hat, so verzögerte sie mindestens diese letztere.

Sie sind regelmäßiger, massenhafter und, wenn man uns den Ausdruck hier gestatten will: zum Theil kühner. Es thun diese Zugeständnisse den Rheinbefestigungen in der Würdigung ihrer ausgezeichneten Benutzung des Terrains, so zu sagen der Boden-Mittel und aller sonstigen auf das Defensiv-Arrangement influirenden Umstände, keinen Abbruch. Auch sind sie mit unvergleichlich geringeren Kosten, wie Posen und Königsberg und die in die letzte Epoche fallenden Bauten, hergestellt worden. Wir bedauern, in dieser Beziehung nicht Zahlenbelege beibringen zu können, halten aber die behauptete Thatsache als jedem Zweifel enthoben. Unter der oberen Amtsführung des Generals von Rauch als Ingenieur-Chef geschah es auch, daß die Festung Posen begonnen und der Hauptsache nach vollendet wurde. In diesem Platze trat der am Rhein angewendeten Methode, die man mit dem Namen Aster's bezeichnen kann, zum ersten Mal eine andere, welcher aber der Vortheil geworden ist, alle bis dahin bei der ersteren gemachten Erfahrungen für sich benützen und ausbeuten zu können, gegenüber. Zu Repräsentanten hat sie die Namen von Brese-Winiarv und von Prittwitz.

Im Jahre 1837 wurde General von Aster an die Spitze des preußischen Ingenieur-Corps berufen. Was seine fortificatorischen Maximen angeht, so waren sie in seinen großen Bauten am Rhein für Jedermann klar und faßlich ausgesprochen. Die Enceinte von Cöln, und namentlich die von Coblenz, ist im Vergleich mit den vorgelegenen detaschirten Forts nur von einer secundairen Bedeutung, und in den letzteren, die allerdings bei Cöln nicht die wünschenswerthen Dimensionen erhielten und auch vielleicht nicht ausreichend weit von dem Hauptwall abgerückt sind, ruht der eigentliche Nerv und die Hauptstärke der Defensive. Man kann also sagen: daß General von Aster das Prinzip hatte, die Vertheidigung in der ersten, ausgedehnteren Linie durch stärkere fortificatorische Mittel, wie in der zweiten, engeren, aber geschlosseneren zu sichern. Dagegen stellte die neue Brese-Prittwitz'sche Schule diesem Grundsatz gegenüber den anderen auf: daß die von der Befestigungskunst gebotenen Widerstandsmittel, in der Richtung vom Umkreis zum Centrum, entsprechend dem Bedürfniß der im Rückweichen physisch und namentlich moralisch schwächer werdenden Vertheidigungskraft, an Stärke zunehmen müssen, wenn anders nicht die Gefahr entstehen sollte, daß im Laufe der Vertheidigung diese, dem Angriff gegenüber, das nothwendige Gleichgewicht verliere. Wir sind der Ueberzeugung, daß diese Maxime, welche einzig und allein bei preußischen und russischen Festungs-Neubauten seither zur Anwendung kam, **nicht haltbar** ist, und werden, indem wir uns hier nur auf ein Referat darüber beschränken, den Beweis dafür anderswo antreten. Kein anderer Staat hat sie anerkannt und behufs der Ausführung seiner Vertheidigungs-Anlagen sich angeeignet; aber nichtsdestoweniger scheint General von Aster, der nach seinen bekannt gewordenen Ansichten sie unmöglich billigen konnte, während seines langen Präsidiums der Ingenieur-Angelegenheiten gegen dieselbe vergebens angekämpft zu haben. Sie hat es wesentlich verschuldet, wenn Preußen ungeachtet der enormen Mittel, die es in einer Reihe von mehr als vierzig Jahren auf seine Festungsbauten verwendete — und die heute einen nicht unwesentlichen Theil seiner Staatsschuld ausmachen würde, wenn man sie in derselben aufsuchen wollte, — nichtsdestoweniger weder in seinem Mittelraum, noch im Osten, im Besonderen aber nicht in Schlesien in der Art fortificatorisch eingerichtet ist, wie man es in seinem Interesse und im Hinblick auf die nicht geringen Gefahren, mit denen die Zukunft uns bedroht, wünschen muß. Denn wir müssen sie dafür verantwortlich machen, daß Berlin und Breslau noch offen liegen, an eine Befestigung von Memel die Hand noch nicht angelegt worden ist, Marienburg, Königsberg und Lötzen heute noch unvollendet sind, die Erweiterung Stettins zu keinem, dem wichtigen städtischen Interesse entsprechenden Resultate führte, Swinemünde, wo man die Befestigungsanlagen 1849 begann, heute umgebaut werden müßte, wenn man der Bedeutung des Punktes für unsere spätere Kriegsflotte gerecht werden wollte, **und der Bau von Posen, Königsberg und Lötzen Summen verschlungen hat, mit denen man, falls man eine andere Methode anwendete, zugleich Berlin und Breslau hätte sichern können.**

Wir kritisiren hier nur das Prinzip und nicht die Conception der betreffenden Bauten selber, die in ihrer Art, und wenn man von jenem absieht, durchaus und in allen ihren Theilen musterhaft sind, und in denen einerseits die unvergleichliche und, soviel wir wissen, von keinem anderen Ingenieur erreichte Eleganz Brese'scher Entwürfe, und die hohe Genialität, welche die Detail-Anordnungen des Generals von Prittwitz auszeichnet, in gleicher Stärke hervortreten. Aber diese beiden ausgezeichneten Kriegsbaumeister, von denen der erstere im Jahre 1849 das Commando des Ingenieur-Corps aus den Händen des im Greisenalter sich in den Ruhestand zurückziehenden Generals von Aster übernahm, haben dennoch bei dem Entwurf ihrer Werke zu sehr den, man wolle uns hier den Ausdruck verzeihen, zu einseitigen und beschränkten Gesichtspunkt des Ingenieurs an sich und zu wenig den des Taktikers im Auge behalten, haben den belebten Kräften wenig und in mancher Hinsicht dennoch wieder zu viel zugetraut, nämlich nicht die Fähigkeit, auch minder gewaltige Enceinten als die ihrigen halten zu können, und andererseits doch die zähe Ausdauer im rückweichenden Widerstande, die alle die vielen Chancen auszubeuten vermag, welche durch die Vorbereitung einer inneren Vertheidigung im großen Maaßstabe, [durch Abschnitte, Reduits und Kernwerke,] geboten werden. Im Allgemeinen haben die, ungeachtet solcher Fehler dennoch eminenten Ingenieur-Generale von Brese-Winiary und von Prittwitz mehr von der Enceinte aus (letztere im allgemeinsten Sinne gefaßt) nach Innen wie nach Außen befestigt. Wenn aber die außerhalb der Enceinte gelegenen Anlagen mehr dem offensiven, die inneren dagegen mehr dem defensiven und eventualiter passiven Widerstande angehören, so wird damit klar, daß unsere großen ostwärtigen Festungen, ungeachtet aller auf sie verwendeten Kosten, dennoch nicht im besonders hohen Maaße diejenigen Zwecke erfüllen können, welche vornehmlich von der offensiven Tendenz der Plätze abhängig sind.

General von Brese-Winiary hat, in einer, nicht in die unbegrenzte Oeffentlichkeit getretenen Erörterung über die betreffende Frage, um seine Ansicht mit einem Beispiel zu belegen, die Aeußerung gemacht, daß eine Festung von in leichter Manier ausgeführter Umfassung, aber mit vorgelegenen starken, detaschirten Forts, einen inneren Widerspruch in sich enthalte, und einer Holz-Brücke mit massiven Eisbrechern gleichzusetzen sei. Indeß messen wir dem Gleichniß keine Beweiskraft bei, weil eine Brücke begreiflicher Weise ebenso wenig in eine vergleichende Beziehung zu einer Festung, wie ein Eisbrecher zu einem detaschirten Fort zu stellen ist. Ein Eisbrecher ist nicht sich selber Zweck, ein detaschirtes Fort dagegen ist es mindestens in demselben Maaße, wie die einzelne Front einer Enceinte. Es ist nur das andere, unter andern gegebenen, und nicht ungünstigeren Umständen angewendete Mittel zur Lösung ein und derselben Aufgabe. Wir glauben dies, unbeschadet der hohen und unbegrenzten Achtung vor der Persönlichkeit, um welche es sich hier handelt, hervorheben zu müssen, zumal wir keinen

Zweifel über die Uebelstände der im Osten der Monarchie angewendeten Befestigungs-Methode hegen. Nimmermehr wäre ein so kolossales Werk, wie die Befestigung von Paris zur Ausführung gekommen, wenn man in Frankreich demselben Prinzip gehuldigt hätte, und wir sind der niederschlagenden Ueberzeugung, daß auch die Befestigung von Breslau, und die noch um Vieles bedeutendere von Berlin, lange noch in das Bereich der frommen Wünsche gehören werden, wenn man, betreffs ihrer, nicht zu neuen Maximen übergeht.

Ehe wir dieses Kapitel, welches hauptsächlich den Ansichten der genannten maaßgebenden Persönlichkeiten gewidmet ist, schließen, wollen wir eines Uebelstandes, der bei den Bauausführungen der erwähnten großen preußischen Plätze hervorgetreten ist, noch im Besonderen erwähnen. Es ist selbstverständlich, daß, wie einfach oder complicirt, wie stark oder schwach, man eine Festung auch immerhin bauen möge, aus finanziellen wie technischen Gründen ihre Ausführung doch immer eine Reihe von Jahren in Anspruch nehmen wird, wenn man sich nicht auf einen provisorischen Eilbau beschränken will. Eine einfacher projektirte Festung wird eine geringere Anzahl von Jahren zu ihrer Vollendung bedürfen, weil die auszuführenden Arbeiten und die finanziellen Mittel, welche dieselben erheischen, geringere, mithin jene schneller zu beenden, diese leichter zu beschaffen sind; — der Vortheil, welcher sich daraus ergiebt, ist groß, und bedeutender vielleicht, als man bei der ersten und flüchtigen Ueberschau ahnet. Hätte man bei Königsberg eine minder schwere und kostspielige Enceinte zur Anwendung gebracht, so würde die Festung nicht nur jetzt beendigt sein, sondern sie würde höchst wahrscheinlich bereits vor neun Jahren (1850) zur Zeit unseres bedenklichen, eine Mobilmachung der ganzen Armee und die Armirung aller Festungen nöthig machenden Conflictes mit Oesterreich und — Rußland, haben in Vertheidigungsstand gesetzt werden können. Wenn wir recht unterrichtet sind, hätte Königsberg damals, bei ausbrechendem Kriege aufgegeben werden müssen. Nur die Fronten zwischen dem Ober-Teich und dem oberen Pregel waren im Stande, einem förmlichen Angriff zu widerstehen, der Rest der Umfassung dagegen war nur zum geringeren Theil geschlossen, und in keiner Weise schnell sturmfrei zu machen. Außerdem kam wohl der Umstand in Betracht, daß es an den Mitteln zur artilleristischen Armirung fehlte. Mit dem Aufgeben des Platzes aber, an welchem man beinahe zehn Jahre gebaut und für den man etwa fünf Millionen Thaler verwendet hatte, würde man einen unermeßlichen Verlust erlitten haben. Nicht nur die ausgeführten

Arbeiten würden sich im Laufe des Krieges durchaus nutzlos erwiesen haben, sondern sie wären auch, im Fall einer auch nur zeitweiligen Besitznahme der ostpreußischen Hauptstadt durch den Feind ohne Zweifel von Grund aus zerstört worden. Und damit wären Summen verloren gegangen, deren Gesammtmasse beinahe den Kosten der französischen Befestigung von Lyon gleich kommt.

Der hiermit angedeutete Fehler, welcher, abgesehen von der überladenen Manier, auf einer unangemessenen Arbeitsförderung beruht, vermöge deren man sich vorsetzte, einzelne Seiten der zu erbauenden Central-Plätze zu vollenden, und während dessen die übrige Enceinte nur mit schwachen Erdaufwürfen abzuschließen, ist ganz erstaunlich und kann nur durch ein unstatthaftes Vorwiegenlassen der baulichen Rücksichten über die militärischen, welche jenen, den einfachsten Schlüssen der politischen Logik gemäß stets voran gestellt werden müssen, erklärt werden. Bereits bei Posen mußte dies wunderbare Verfahren auffallen, wiewohl der Bau dieser Festung in eine Epoche fiel, die zu den friedlichsten der neuesten Geschichte gehört, und wo die russisch-preußische Allianz über jeden Zweifel hinaus sicher gestellt zu sein schien, und für eine lange Reihe von Jahren es thatsächlich gewesen ist. Es war, im Gegensatz zu dieser rein technische Gesichtspunkte ins Auge fassenden Methode klar: daß man wohl gethan haben würde, die bauliche Entwickelung der neuen Festungen auf ihrer ganzen Umfangslinie in einem nur von den terrain- und sonstigen Situationsverhältnissen in Etwas modificirten Gleichmaß vorschreiten zu lassen, und zwar in der Art, daß jeder Zeit mindestens annähernd die fortificatorische Balance, oder das Gleichgewicht des Widerstandvermögens des Platzes, nach allen Seiten hin gewahrt wurde. Dadurch würde man sich in der Lage befunden haben, die betreffenden Objekte, bereits einige Jahre nach der Bau-Eröffnung, vielleicht im dritten oder vierten schon, bei eintretenden drohenden Zeit-Umständen sofort zur Vertheidigung einzurichten.

Wir müssen hier dem heutigen Chef des preußischen Ingenieur-Corps das Zugeständniß machen, daß er, in jeder andern Beziehung dem eben entwickelten, wichtigen Prinzip, wonach die Defensiv-Arbeiten im gleichmäßigen Fortschritt sich vorbewegen müssen, durchaus gerecht geworden ist, und wir erinnern, diesen Punkt betreffend, an seine fortificatorischen Armirungsvorschriften, die jedenfalls in solcher Hinsicht durchaus probehaltig sind. Auch hat in den vielen wissenschaftlichen Erörterungen, die von ihm ausgegangen sind, eine vorwiegende Rücksichtnahme auf den Haupt-Grundsatz: daß bei Vertheidigungsanlagen im

Entwurfe namentlich, nach einem Gleichgewicht zu streben sei, sich nie vermissen lassen, wie denn bei einem so ausgezeichneten Ingenieur-General als der hier in Rede stehende, es nicht anders vorausgesetzt werden kann.

VII.

Der preußische Mittel-Raum.

Drei Kriegstheater sind es, die Preußen in Ansehung der militärischen Hauptactionen, in die es defensiv oder offensiv eintreten kann, zu unterscheiden hat, entsprechend den drei großen Continental-Mächten, in deren Mitte und zwischen deren unmittelbare Grenzberührung es sich placirt findet. Wir haben ein West-, Ost- und Süd-Theater gemäß unserer Gegenüberlage zu Frankreich, Rußland und Oesterreich, oder ein französisches, russisches und österreichisches, von denen ein jedes wiederum strategisch in ein Offensiv- und Defensiv-Feld eingetheilt werden kann, jenes vorwärts der eigenen Grenze und dieses diesseits derselben gelegen. Selbstredend kann sich auf dem letzteren allein die permanente Befestigung etabliren, weil das erstere sich uns nur im Fall eines von uns mit Erfolg eingeleiteten Angriffs-Krieges erschließt. Das Defensiv-Feld des westlichen Kriegstheaters wird, nach rückwärts von der Elblinie, dasjenige des ostwärtigen in derselben nach dem Innern des Staates gewendeten Richtung von der Oderlinie abgeschlossen, indem beide einen Mittelraum von fünfundzwanzig bis dreißig Meilen Breite zwischen sich lassen, der zwar von Westen wie von Osten aus operativ zu erreichen ist, aber insofern von den beiden in Rede stehenden Theaters streng zu scheiden ist, als er keinem von beiden angehört, sondern eine Kriegs-Sphäre für sich ausmacht. Diese Eintheilung ist logisch, weil Preußen einer strategischen Axlinie, welche den Staat in eine Ost- und Westhälfte von gleichgemessener Schwere theilte, entbehrt und weil mindestens annähernd, wenn auch nicht vollständig und genau, die im Westen der Elbe gelegenen preußischen Gebiete, nebst den zwischen liegenden deutschen Kleinstaaten, auf welche Preußen einen Haupteinfluß schon jetzt ausübt, die im Osten der Oder befindlichen an räumlicher Bedeutung und an Hilfsmitteln aufwiegen, also ihnen nahezu gleichzusetzen sind.

Die Eigenthümlichkeit des Südtheaters beruht darauf, daß der Mittelraum von demselben durch keine Vertheidigungslinie von irgend welchem Belang geschieden ist, daß sein Defensivfeld zum Theil auf fremdes Gebiet fällt (das Königreich Sachsen) und daß es in den Raum des Westtheaters nicht unerheblich eingreift. Weil die Mitte der Monarchie, als von dem Südtheater nicht geschieden, demselben angehört, kann man es ebensowohl ein mittleres, und im beschränkteren Sinne, den Vertheidigungs-Raum an und für sich, ein inneres Theater nennen.

Es liegt uns hier durchaus fern, die Möglichkeit eines Krieges zwischen Oesterreich und Preußen besonders scharf zu accentuiren. Wir würden einen solchen Kampf unter allen Umständen, und welche politische Chancen wir in demselben auch immerhin für uns haben möchten, als ein schweres Unglück ansehen, weil wichtige gemeinsame Interessen, und denen beinahe die Bedeutung von Lebens- und Existenzbedingungen, mindestens im weiteren Ausblick auf die Zukunft, beizumessen ist, beide Mächte auf ein enges, wenn auch ungebundene, Zusammengehen anweisen. Aber mit allem Ernst und Nachdruck müssen wir uns gegen die, vor dem Jahre 1848 allerdings geläufiger wie jetzt gewesene Annahme verwahren: als sei, wegen des deutschen Bundesverhältnisses, in welchem beide Staaten stehen, ein Zusammenstoß derselben wider einander und ein energischer Krieg ganz unmöglich. Denn wenn einerseits sehr wichtige gemeinsame Interessen Oesterreich und Preußen auf ein einiges Handeln, und ein festes Zusammenstehen in geschlossener Fronte wider Ost und West hinweisen, so sind andrerseits doch die Ursachen der aus alter Zeit erhaltenen Rivalität beider und die Punkte, in Betreff deren sie noch zu keiner Einigung gelangten, nicht zu übersehen. Auch hat Oesterreich die Politik noch nicht aufgegeben, vermöge deren es von der Gleichstellung Preußens durchaus Absehen nimmt, und nicht minder im weiteren europäischen Staatenkreise, wie im engeren deutschen, für sich eine Voranstellung in Anspruch nimmt und selbst eine gewisse Ueberordnung, die als bedenkliche Wahrzeichen für die letzten Zwecke, denen man in Wien mit ebenso viel Zähigkeit wie Verblendung zustrebt, angesehen werden müssen. Wir haben eine derartige Tendenz für um so bedeutsamer zu nehmen, weil jeder Anlauf, den wir unserer Seits zu einer freieren Machtentwickelung in dieser Sphäre nehmen möchten, in Paris und St. Petersburg die ausreichendsten Bedenken erregen würde, um sofort Frankreich und Rußland uns entgegen und, zeitweilig und mit den nöthigen politischen Reservationen, für Oesterreich wirken zu lassen. Was aber die Consequenzen einer derartigen Constellation angeht, so sind wir derselben um so weniger sicher, als wir, auf Grund der gemachten ernsteren oder weniger ernsten Erfahrungen, die Ueberzeugung nicht zu verleugnen vermögen, daß Oesterreich dieselben bis zu ihrem letzten Extrem auszubeuten sich nicht scheuen würde. Ein Vorspiel dessen, was möglicher Weise dereinst geschehen mag, ist uns in dem denkwürdigen Herbst des Jahres 1850, unseligsten Andenkens, vorgeführt worden, als Oesterreich, der wirksamen Unterstützung des damals mit kältester Berechnung handelnden Petersburger Cabinets gewiß, seine Ansprüche uns gegenüber aufs äußerste steigerte, und nicht die geringsten Bedenken trug, uns mit dem Verlust unserer transvistulischen Besitzungen an den Czaaren zu bedrohen, wiewohl dieselben deutscher sind, als irgend etwas, was Oesterreich auf drei Vierteln seines Territoriums aufzuweisen hat. Die Worte: „d'abord il faut avilir la Prusse, et après la démolir“ sollten damals dem Munde des Fürsten Felix Schwarzenberg in einem unüberwachten Augenblick entfallen sein. Mindestens lief die unseelige Phrase ihrer Zeit als eine Art von mot d'ordre durch das ganze preußenfeindliche Deutschland, welches sich auf den Süden unserer großen Gesammtheimath nicht allein beschränkte.

Ein Krieg zwischen Oesterreich und Preußen darf daher nicht ganz von den Möglichkeiten, wenn er auch nicht zu den in nächster Nähe stehenden Eventualitäten zu zählen ist, ausgeschlossen werden, und die vorbereitende und sichernde militairische Fürsorge, die ihren stärksten und solidesten Ausdruck in der allgemeinen Landesbefestigung findet, ist dringend aufgefordert, auch auf diesen Fall eine gebührende Rücksicht zu nehmen. Denn unter politisch-militairischem Gesichtspunkte stellt sich derselbe uns um so mehr als ein schwieriger dar, als aus Gründen die für Jedermann durchaus klar sind, Oesterreich einen solchen Kampf schwerlich jemals allein antreten, sondern ihn nur mit einem starken Verbündeten an der Seite führen wird. Aller Wahrscheinlichkeit nach würden wir es daher, wenn Oesterreich gegen uns aufträte, mit bedeutend überlegenen Kräften zu thun haben, und auf unseren beiden ausgedehntesten Vertheidigungs-Fronten, der ostwärtigen und südlichen zugleich beschäftigt sein, Umstände, die kaum eine andere Voraussetzung übrig lassen, als die, daß der Krieg in einer beschränkten defensiven Form unsererseits angenommen werden müßte. Prekär wäre unter solcher Voraussetzung unsere Lage um so mehr, als mit der Umfassung des Haupttheils (des Gros) der Monarchie, die Gegner zugleich dessen strategischen Zusammenhang mit der von ihm räumlich abgetrennten Westhälfte (Westphalen und Rheinland) zu bedrohen suchen würden. Dabei könnten wir, — weil ernste und wichtigste Interessen der Vertheidigung unserer Verbindungen im Osten, wie in der entgegengesetzten Richtung, zwischen Weichsel und Oder, wie zwischen Weser und Rhein, einen bedeutenden, militairischen Kraftaufwand erheischen würden, — der Defensive im Mittelraum zwischen Oder und Elbe selber (in welchem wir, wie bemerkt, keine von der Natur gegebene Frontlinie vorfinden, hinter der unsere Macht sich zu entwickeln und den Widerstand mit einer gewissen Begünstigung durch die Umstände aufzunehmen vermöchte) einen verhältnißmäßig nur geringen Theil unserer Streitkräfte zuweisen, wenn auch sich Dispositionen denken lassen, auf welche wir hier später näher zurückkommen werden, durch welche diesem Uebelstand vorgebeugt werden würde. Rechnet man hierzu die Schwäche unseres derweiligen fortificatorischen Etablissements in Schlesien, dessen Kern und politisch geographische Mitte nur indirect durch eine Anzahl kleiner und leicht unter einander zu isolirender Plätze gedeckt wird, aber nur nach der einen österreichisch-mährisch-böhmischen Seite hin, während ein russischer Angriff von der anderen her freiesten und unbehindertsten Zugang zu ihm hat, so wird klar, daß ein Krieg mit Oesterreich unter der Annahme daß er jeder Zeit für uns ein doppelter im Osten und Süden zugleich sein wird, Gefahren mit sich bringt, die wir durchaus nicht gering zu schätzen haben und wider welche wir so schnell wie möglich die allerumfassendsten Sicherungsmaaßregeln nehmen sollten. Wir stehen nicht an zu behaupten, daß Oesterreich unter der gestellten Voraussetzung von den beiden wider uns feindlich einschreitenden Gegnern jetzt noch der gefährlichere sein würde und zwar nicht allein wegen der Ueberwucht seiner Motive, sondern auch in Rücksicht auf seine strategische, unsere reiflichsten Erwägungen verdienende Position. Denn es werden von ihm zwei Räume, auf die wir, im Interesse des Zusammenhanges der Monarchie und des einigen Wirkens ihrer Kräfte, nicht genug Werth legen können, der centrale nämlich, zwischen Oder und Elbe, und der andere zwischen der letzteren Stromlinie und dem Rhein, in sehr direkter Weise bedroht, und unser Herzpunkt Berlin befindet sich in einer bedrohlichen Nähe zu der Nordecke von Böhmen placirt, welche, wie ein strategisches Bastion vorspringend, einer österreichischen Haupt-Armee einen Sammelpunkt der vortheilhaftesten und gedecktesten Art darbietet, von dem aus sie nicht nur Preußens Centrum, falls der Druck der Uebermacht auf ihrer Seite sich befindet, in wenigen Marschtagen erreichen, sondern zugleich rechts oder links der Elbe vorgehend, einen weiten Kreis unserer innersten Vertheidigungs-Sphäre bedrohen kann.

Preußische Strategen haben den Satz aufgestellt, daß wenn Breslau befestigt und zum Mittelpunkt eines Gruppen-Systems gemacht würde, zu dem nicht unwichtige Elemente in den vier Festungen Schweidnitz, Silberberg, Glatz und Neiße bereits gegeben seien, dieses ausgedehnte System im Stande sei, die Marken und im besonderen Berlin weit nachdrücklicher gegen einen Angriff von Böhmen her zu decken, als es ein um Wittenberg und Torgau, also auf der direkteren Linie etablirtes vermöchte. Hiergegen haben wir geltend zu machen, daß Breslau in dem angenommenen Falle der Hüter und so zu sagen das große befestigte Reduit einer auf das Entschiedenste strategisch umfasten Provinz sein würde und eine in den Kreis einer um dies Reduit her gelegenen Gruppe von Festungen aufgestellte mobile Macht, in Bezug auf die nächste ihr gestellte Aufgabe, wohl nichts Schlechteres thun könnte, als sich nach der Mark zu wenden, indem sie damit die besagte Gruppe, deren Zusammenhalt und Stärke auf den zwischen-gestellten beweglichen Streitkräften beruht, sich selber überlassen und eben deshalb unter Umständen einer Partial-Ueberwältigung aussetzen würde, wenn anders nicht die feindlichen Massen, welche bisher von dem betreffenden System in Schach gehalten worden, sich nach Abzug der schlesischen Armee aus dessen Vertheidigungskreise, dieser noch ebenfalls in der Richtung auf die Marken wendeten, um den Einbruch der dort bezweckten Katastrophe zu beschleunigen und ihren Umfang, wie ihren Effekt zu erhöhen. Wir halten diese letztere Wendung um so wahrscheinlicher, weil eine Gruppe von Festungen, wenn sie nicht einen natürlichen Landesabschnitt zur Basis hat, eine besondere Stärke nur im Zusammenwirken mit entsprechenden mobilen Massen äußern kann und unter anderen Umständen eben wegen der nahen Zusammenschiebung ihrer Theile von einem geringen feindlichen Operationscorps leicht im Zaum gehalten und isolirt werden kann.

Es scheint uns hier nicht übel am Orte zu sein, über das Gruppensystem im Allgemeinen, dem in einem als classisch geschätzten vorerwähnten Buche des Generals von Willisen so lebhaft und mit der Bestimmtheit gewissester Ueberzeugung das Wort geredet wird, ein Näheres zu sagen. Denn wenn an und für sich schon eine wichtige Schätzung seines Werthes uns bei der hier vorgesetzten Aufgabe im hohen Maaße interessiren muß, so influirt zugleich im Besonderen eine Entscheidung darüber sehr bedeutend auf die Erledigung der so wichtigen Frage: wie der preußische, einem österreichischen Angriff blosgegebene Mittelraum zu decken sei.

Daß einander näher gelegene Festungen, eben dieser Nähe wegen, sich auch leichter untereinander zu unterstützen vermögen, als entfernter auseinander liegende, und im Allgemeinen manche Vortheile bieten, unter denen auch der ein besonders wichtiger ist, daß wir, wenn nur ein Platz von mehreren angegriffen wird, den Entsatz in größerer Nähe unter dem Schutze der anderen vorbereiten können, und entgegengesetzten Falles, eine sich durchschlagende Besatzung schneller einen Punkt der Sicherung gewinnt, leuchtet an sich ein, und es bedarf dafür keines weiteren Worts der Erläuterung. Aber diese Möglichkeit der gegenseitigen Unterstützung würde an und für sich noch kein ausreichendes Motiv für das Zusammenlegen sein, mit dem sich doch mancherlei Uebelstände verbinden, wenn die Möglichkeit jener Unterstützung nicht durch besondere Umstände, die nur in der Terrainformation, oder den von der Natur gebotenen Vertheidigungselementen zu suchen sind, in einem hohen Maaße eine gesicherte ist. Mit anderen Worten: eine Festungsgruppe soll nicht nur aus einzelnen, nahe an einander geschobenen Plätzen bestehen, sondern der dazwischen gelegene Raum muß auch derartig gestaltet sein, daß er, als ein Vertheidigungsobjekt im Ganzen und Großen aufgefaßt werden kann und indem die Festungen seine Hauptsächlichsten Zugänge decken, einem fortificirten Abschnitt (Landes-Abschnitt) gleich zu achten ist. Eine Gruppe dieser Art haben wir bereits bei Erwähnung des Modliner Dreiecks und bei Besprechung des Systems in Ostpreußen, (Danzig Marienburg, Königsberg, Pillau ꝛc.) gedacht. Man kann nichts Vortheilhafteres thun, als in dieser Weise die fortificatorischen Anlagen so zu sagen zu Massen zu ballen und damit ein entscheidendes Princip des Bewegungskrieges auf sie zur Anwendung zu bringen. Wenn aber General von Willisen durch zwei Forts bei Herrnstadt und Leubus, Glogau und Breslau verbinden und durch die Befestigung von Brieg die Plätze Neiße und Kosel zu einigen hofft, so verstehen wir ihn dabei nicht ganz. Dergleichen Arrangements fassen nur den einen Fall in's Auge, in welchem die Defensive mit bedeutenden Kräften in dem System sich placirt findet, und beachten nicht genugsam den anderen, wo dieses letztere wesentlich sich selber überlassen bleiben muß, was mindestens zeitweilig eintreten wird. Preußen hat bisher seine Befestigungen nur ausnahmeweise in Gruppen zusammen gelegt und in der Regel sie frontal entfaltet, und wir sind der Ueberzeugung, daß es sich damit an die von den Verhältnissen jeder Landesvertheidigung bedingte allgemeine Norm gehalten hat. Die Begriffe der Fronte, der Basis, der Operations- und Rückzugslinie, der Flanke u. s. w. sind militärische Hauptbegriffe, und überwiegen mit ihrem linearen Element in allen Beziehungen des Krieges. Ihnen, nach Möglichkeit, wird die Landesbefestigung zu entsprechen haben. Der Kreis, der Abschnitt, die Gruppe haben dagegen nur eine partielle Geltung. Während jene den ganzen Kriegsraum umspannen, und nach Länge und Breite durchmessen, sind diese in eine engere Sphäre gewiesen. Eine Gruppenbefestigung mag, unter Umständen, die stärkste Form sein, deren hier und da die Ingenieurkunst im Ganzen und Großen sich bedienen kann; aber wir acceptiren sie nicht als eine allgemein gültige und zu deren Gunsten auf alle Grundsätze des seitherigen Systems zu verzichten sei.

Eine direkte Deckung des preußischen, mittleren Landesraumes und im besonderen Berlins, welches keineswegs von allen Hülfsmitteln des Terrains entblößt ist, wird daher, unserer Ansicht nach, unter allen Umständen einer jeden anderen vorzuziehen sein. Eine Capital-Befestigung, welche die Hauptstadt unmittelbar umschließt, erfüllt ihren Zweck der Deckung unter allen Umständen, der Angriff mag kommen aus welcher Richtung er wolle, und sie unterscheidet sich um deswillen auf das Allervortheilhafteste von einer Flankengruppe, die im allerbesten Falle immer doch nur auf die Hälfte des Umfangsgebiets des zu vertheidigenden Objektes eine Wirkung ausüben kann, die außerdem eine mittelbare sein wird und bei der es als wesentlich in Betracht kommen muß: ob unsere Streitkräfte dem Gegner gegenüber das Feld halten können, oder nicht.

VIII.

Allgemeine Bedeutung der Orts-Lage von Berlin.

Die preußische Hauptstadt hat das Schicksal gehabt, als geographischer Punkt von bedeutungsvoller Lage in der öffentlichen Meinung erst spät zu ihrem Recht zu gelangen. Man hat Berlin viel zu überwiegend bisher als ein nur künstlich geschaffenes Centrum, als eine so zu sagen rein politische Mitte angesehen, ohne es zugleich als eine naturgegebene zu würdigen. In der That aber nimmt seine Position eine Bedeutung nicht nur für Preußen und für Nord-Europa, sondern für den gesammten Erdtheil in Anspruch. Was hier zunächst die preußische Centralität Berlins angeht, so beruht sie auf dem Umstande, daß der Raum zwischen der mittleren Elbe einerseits, und der mittleren und unteren Oder bis zum Haff andererseits wirklich die Mitte der Monarchie ist, und daß in diesem Raume die Hauptstadt des Staats ziemlich genau da liegt, wo der Geometer sie placiren würde, wenn er sie in's Centrum zu legen hätte. Für die Stellung Berlins in der großen, nordgermanischen Ebene kommt es aber in Betracht, daß es in die Mitte des zwischen der Ostsee und der Nordsee sich theilenden Wasser- (Fluß-) Systems postirt ist, indem es der Oder zwar um Etwas räumlich näher gerückt, aber mit der Elbe durch Spree und Havel in unmittelbare fluviale Beziehung gesetzt ist. Diese Stellung hat die Ausführung eines Canal-Systems ermöglicht, wodurch Berlin nicht nur zum Mittelpunkt der inneren Schifffahrt für die Marken, sondern für die ganze Osthälfte der Monarchie geworden ist. Sein Handelsstand kann einerseits Kahnfrachten bis Naumburg an der Saale, und andererseits bis Memel am kurischen Haff entsenden.

Die äußerste Südwestgrenze des preußischen Staats, und die äußerste Nordostgrenze sind von seiner Hauptstadt in gerader Linie gleich weit entfernt, denn die Distanz von Memel bis Berlin ist fast dieselbe wie die von Saarlouis eben dahin. Königsberg, die größte Stadt im preußischen Osten ist nur um wenige Meilen der Residenz ferner gerückt, wie Köln, die größte Stadt im preußischen Westen. Danzig, die größte Festung auf der preußischen Weichsel fällt von

Berlin etwa ebenso weit ab wie Coblenz, der größte Platz am preußischen Rhein. Es liegt die Hauptstadt der Monarchie der Hohenzollern central zwischen Hamburg und Breslau, den beiden umfangreichsten, bedeutendsten und bevölkertsten norddeutschen Städten nach ihr, auf der kürzesten Verbindungslinie zwischen ihnen, und von der einen fast gleich weit entfernt, wie von der anderen. Dieselbe Mitte aber behauptet sie annähernd in dem Dreieck, welches von den Städten Stettin, Magdeburg und Dresden, den zunächst größten in diesem Raume, abgesteckt wird. Wir kennen kein anderes Beispiel einer so bestimmt ausgesprochenen Centralität, in Mitten der großen Bevölkerungs-Sammelpunkte auf dem ganzen Continent. Schlägt man ostwärts Weichsel-Polen, und im Westen die Niederlande und Belgien zu der großen germanischen Ebene hinzu, so überrascht die annähernd gleiche Entfernung, in welcher Berlin durchaus genau auf der Warschau und Amsterdam verbindenden Geraden gelegen ist. Es liegt aber auch zugleich in der Mittelgegend der unendlich wichtigeren Linie, welche Moskau und Paris verbindet, d. h. recht eigentlich in der Schwer-Axe des Welttheils. Der Meridian von Berlin endlich theilt Europa in zwei einander an Macht, an Einwohnern und an sonstiger Bedeutung ziemlich genau das Gleichgewicht haltende Hälften und in nächster Nähe von ihm, und eben darum annähernd auf die Verbindungen durch Berlin zum europäischen Süden oder zum Norden hin angewiesen, liegen rechts oder links Stockholm, Christiania, Copenhagen, — Dresden, Prag, München, Triest, Venedig, Florenz, Rom, Neapel.

Mit derselben Zirkelspannung von der großen Residenzstadt der preußischen Könige aus streift man Stockholm, Christiania, London, Paris, Lyon, Turin, was etwa so viel heißen kann, als daß Berlin zu den Centren Schwedens, Norwegens und Frankreichs, und zu den Capitalen Großbritanniens und Sardiniens sich wie ein ihre räumlichen Beziehungen zu der Mitte Europa's einigendes Centrum verhält. Endlich liegen St. Petersburg und Neapel, sodann Constantinopel und Madrid ganz nahe der Peripherie von Berlin aus geschlagener gemeinsamer Kreise.

In der That, wir kennen keinen anderen Punkt im ganzen Welttheil der in demselben Maaße eine Mitte darstellte in dessen Raume überhaupt, gleichsam ein allgemeines Centrum zwischen den Einzel-Centren von dessen Theilen! Nicht alle so eben erörterten Umstände allerdings stehen mit der uns hier im Speziellen nahe liegenden wichtigen Frage über die Bedeutung Berlins als eine große preußische Centralfestung in Verbindung. Aber die überwiegende Anzahl derselben ist nicht außer Rapport zu der wichtigen, vermittelnden anderen Frage: welches einst die Zukunft und die Weltbedeutung dieser Hauptstadt sein wird, und auf welches Wachsthum letztlich man in Betreff ihrer zu rechnen hat? Denn ein Punkt, durch welchen die meisten Schwerlinien des Erdtheils, die direktesten Verbindungen zwischen dem Süden und Norden, Osten und Westen desselben laufen, und der eine vereinigende Mitte ist für die sonst gesondertsten räumlichen Beziehungen, der gekreuzt wird von den kürzesten Verbindungslinien der wichtigsten Emporien und Metropolen, hat in einer Zeit, wo der materielle Verkehr mehr und mehr die Tendenz zur Geltung bringt, die direktesten Linien zu den Hauptverbindungen zu machen, weil sie die am schnellsten zum Ziele führenden sind, eine nicht zu berechnende Bedeutung, und die mit jedem Jahre sich steigern muß. Mehr und mehr muß Berlin, ganz abgesehen von seiner Eigenschaft als Landescapitale Preußens, die in vielen Beziehungen noch weiter greifende Stellung eines communicativen Centrums des europäischen Continents gewinnen. Und das ohne Zuthun der Regierung und ohne daß dem Gange der Dinge in irgend einer Weise Gewalt angethan würde, durch den Drang der in der Culturentwickelung unseres Welttheils liegt allein, und vermöge seiner wunderbaren und unvergleichlichen Position.

Eine so situirte Hauptstadt zu besitzen ist aber, wenn auch im Allgemeinen von einem außerordentlichen Werth, von ganz besonderem doch vornehmlich für einen Staat, dem, wie dem preußischen, die große und schwierige, wenn auch edle und ruhmreiche Aufgabe geworden ist: die Ueberwucht der Extreme zu balanciren, in der Mitte hütend zu stehen als der von der Vorsehung bestimmte Beschützer einer Welt von kleinen Staaten, mit doppelt gewendeter Fronte gegen Rußland und Frankreich! Denn auf dieser Centralität seiner Mitte, des Sammelpunktes seiner Kräfte und aller seiner Ressourcen, beruht eben die stete und gleichgewogene Bereitschaft nach Osten hin wie nach Westen.

Aber nimmermehr darf diese bedeutungsvolle Mitte eine unbeschirmte bleiben, wie sie leider bis heute es noch ist! Die Rolle, welche uns das Geschick zugewiesen hat, und die mit dem Anwachsen der Staatsgewalten im europäischen Osten und Westen eine immer schwierigere wird, möchte anderen Falles bald nicht mehr durchführbar erscheinen.

IX.

Strategische Beziehungen einer Befestigung von Berlin.

Gemäß der Bedeutung, welche die beiden, den ostwärtigen und westlichen Kriegsraum gegen die Mitte hin abschließenden, und diese gegen Angriffe aus beiden Richtungen deckenden Stromlinien der mittleren Elbe und mittleren und unteren Oder für Preußen haben, hat dieses einen Haupttheil seiner Befestigungen ihnen entlang entwickelt, oder richtiger und zutreffender zu sagen: die ihm überkommenen Plätze, welche sich daselbst vorfanden, ehe Preußen sie mit seinen Grenzmarken umschlossen, sorgsam und mit Umsicht erweitert und verstärkt. An der Oder, und zwar zunächst dem Haff, ist Stettin gelegen, das nach dem Umbau und der Hinausrückung seiner Südwestseite mehr und mehr zum festen Platze erster Klasse geworden, jetzt allem Anschein nach einer neuen Vergrößerung entgegensieht, vermöge deren sein Umfang demjenigen der größten unserer neuen Festungen gleichgerückt werden dürfte. Weiter oberstromwärts, am Einfluß der Warthe in die Oder, ist das kleine, aber durch seine Lage in einem hohen Maaße begünstigte Küstrin gelegen, und in etwa gleicher Distanz von diesem, wie Stettin, liegt an der schlesischen Oder als ein letzter Flankenpunkt für die Marken Glogau. Auf der Elblinie dagegen finden wir das ausgedehnte Magdeburg, ferner Wittenberg und Torgau, von denen ersteres ein Platz erster Klasse von allem Anfang an gewesen ist, und diese seine Bedeutung auch heute noch, wo andere Dimensionen für Festungen als die früher üblichen in Anwendung gebracht worden sind, behauptet hat. Beide Festungslinien, welche annähernd einander parallel laufen, sind gegen dreißig Meilen auf der kürzesten Distanz von einander entfernt, was für ihre Verbindung unter einander immerhin als ein ziemlich weit gespannter Raum angesehen werden kann. Sie durch einen großen, mitten inne gelegenen Central-Platz zu einem System zu vereinigen, ist eine Idee, die sich an und für sich schon und auch ohne das Vorhandensein eines mächtigen Attraktions-Punktes, der außerdem annähernd in die Mitte zwischen beide Stromlinien fällt, einer jeden näheren Betrachtung aufdrängen würde. Spandau, bei dessen Anlage man durchaus andere, beschränktere, und auf wesentlich andere Interessen Bezug nehmende Gesichtspunkte im Auge hatte, konnte auch nach seiner neuerdings erfolgten Erweiterung (Stresow-Befestigung) dem gedachten Zwecke nicht entsprechen, und kaum ist es auch später selbstständig mit demselben in Verbindung gebracht worden. In seiner Nebenstellung dicht bei Berlin sollte es, so zu sagen, nur einen nahe gelegenen Zufluchtspunkt für die Staats-Archive und den Staatsschatz, ein befestigtes Arsenal und ein gesichertes Depot für Kriegszeiten gewähren; im Frieden aber ein Staatsgefängniß sein. Im Besonderen ist Spandau unter den heutigen Verhältnissen und nach seiner Vergrößerung als ein großer Zeugraum, wenn man den Ausdruck gestatten will, wichtig, der im Stande ist, in einem Vertheidigungskriege, welcher den Feind in unserem Mittel-Defensiv-Theater erscheinen sieht, die ungeheueren Kriegsmittel in sich einzuschließen, die unter solchen Umständen in dem offenen Berlin nicht belassen werden können. Einem derartigen Zwecke ist die von breiten Havelarmen gedeckte und weiter durch Ueberschwemmungen zu sichernde Lage der Festung in einem hohen Maaße günstig. Sie sichert einen langen und hartnäckigen Widerstand; — aber nichtsdestoweniger ist der Platz mit seinen immerhin doch nur beschränkten Dimensionen nicht im Stande, der allgemeinen Defensive zu einer Mitte und einem Halt und Stütze gebenden Centrum zu werden. Auch leistet Spandau äußerst wenig für die Vertheidigung der Hauptstadt im freien Felde als ein Anlehnungs- oder Rückhaltspunkt der mobilen Kräfte. Denn es ist nicht in derjenigen Richtung gelegen, die für einen derartigen Zweck am meisten in Betracht zu ziehen ist. Außerdem erstrecken nur große Festungen ihren herrschenden Einfluß weit in den Umkreis hinein, und Spandau ist nur eine *kleine*. Am mindesten kommt es als solche heute für eine Defensive in Betracht, die durch den Druck feindlicher Uebermacht aus ihrer letzten Frontlinie an der Elbe oder an der Oder delogirt worden, und doch nicht gesonnen wäre, auf die Vertheidigung der Marken und der Hauptstadt zu verzichten.

Um den Befestigungen auf den genannten beiden Stromlinien: Magdeburg, Wittenberg und Torgau einer Seits, und Stettin, Küstrin und Glogau anderer Seits, einen wahrhaft starken, rückwärtigen Stützpunkt zu geben, unter dessen Schutz die von der einen oder anderen Vertheidigungsfronte zurückgeworfenen Massen sich sammeln, neu organisiren (denn die letzten Actionen werden voraussätzlich von destructiver Natur gewesen sein) und gleichwie von einer gesicherten Basis, zur Wiedergewinnung des Verlorenen wieder vorschreiten können, bedarf es einer mächtigen Festung, welche, indem sie mit ihren Dimensionen diejenigen der umliegenden weit überragt, als ein Kriegs-Objekt an sich betrachtet werden kann, und ausgedehnt genug ist, um unsere ganze Heeresmacht, falls dieselbe zeitweilig die Fähigkeit verloren haben sollte, das Feld zu halten, in den Schutz ihrer Werke aufzunehmen. Wir hoffen, indem wir einen derartigen Fall hier in das Bereich der Erwägungen ziehen, von Niemandem mißverstanden zu werden. Am mindesten wird man daraus den Vorwurf für uns herleiten können, daß wir die Kräfte und Stärke unseres Staates kleinmüthig unterschätzten. Die Kriegsvorbereitung, von der die Befestigung einen so wichtigen Theil ausmacht, hat alle möglichen Fälle in ihre Erwägungen zu ziehen, und diejenigen am meisten, welche die schwierigsten sein würden.

Auch wenn es sich allein nur um die Herstellung eines solchen großen, die Mitte stützenden, und den aus ihren letzten Vertheidigungs-Fronten rückgeworfenen vaterländischen Armeen einen Halt gewährenden, großen Central-Platzes handelte, und nicht zugleich um den anderen, ebenso großen und weitgreifenden Zweck: mit den Werken dieser inneren Kernbefestigung eine ungeheuere Hauptstadt sammt ihren Reichthümern und unberechnenbaren Hülfsmitteln zu umschließen und zu decken, wäre die Herstellung solcher Bauten, für welche heute in Europa allerdings nur in der Festung Paris ein Beispiel gegeben ist, die Kosten werth. Denn das ist das Charakteristische und am meisten Hervorzuhebende bei einer derartigen fortificatorischen Anlage: daß sie ihre Wirksamkeit und ihren umfassenden Nutzen, mittelbar oder unmittelbar, in allen Kriegsfällen ernsterer Art geltend machen würde; — sie gehörte nicht vorwiegend einer Vertheidigungsfronte, sondern den Hauptrichtungen des Widerstandes nach allen Seiten hin an, und wäre eine feste Mitte und der letzte Schlußpunkt der Defensive, nicht auf dem Raume eines Kriegstheaters, sondern in demjenigen, wo alle drei zusammenstoßen. Der moralische Einfluß einer solchen Festung ist dabei unermeßlich, und steht allermindestens dem materiellen gleich.

Davon hiernächst.

Wir ziehen diese Folgerungen, welche die auf den Bau zu verwendenden Mittel unter einem durchaus anderen und viel höheren Gesichtspunkt als die für andere gebrauchten erscheinen lassen, aus der Lage des Punktes, um welchen es sich handelt allein, ohne, wie bemerkt, auf seine Bedeutung als Capitale des preußischen Staats, welche derjenigen der Situirung gleich gewogen ist, hier eine nähere Beziehung zu nehmen. Ein großer Centralplatz macht unter allen Umständen einen unentbehrlichen Theil, ein nothwendiges und nicht zu vermissendes Glied einer jeden ausgedehnteren Landesbefestigung aus, und ist eine Consequenz des fortificatorischen, auf den ganzen Staatsraum angewendeten Defensiv-Gedankens an und für sich. Denn kein raisonnabler Vertheidigungs-Entwurf wird die großen und beziehungsweisen Vortheile aus der Hand geben wollen, welche die längstmögliche Bestreitung des Mittelraum-Besitzes der Defensive sichert. Es bestehen diese Vortheile nicht allein darin, daß auf der Behauptung der Landesmitte der Zusammenhang des Staates im Allgemeinen mehr wie auf irgend einem anderswärtigen Widerstand beruht, weil die von den Provinzen formirten Glieder ohne Ausnahme durch diese Central-Region hindurch, ihre kürzeste und darum schnellste und am meisten benutzte Verbindung mit der Hauptmasse des Landes jenseits derselben finden, sondern auch in dem moralischen Gewinn, den es bringt, wenn dieser Punkt im Bewußtsein der Nation als ein gesicherter angesehen werden darf; wenn das Volk beruhigt darüber ist, daß die Mitte, auf deren Behauptung das einige Zusammengreifen seiner Kräfte sich basirt, im äußersten Falle dem Feinde erst nach einer hartnäckigen und die letzten Hülfsmittel erschöpfenden Vertheidigung überlassen zu werden braucht, daß kein Schlag nach unserer Herzgegend, den der Gegner, wie stark und überlegen er auch sein mag, führt, uns tödtlich trifft, daß mit dem Verlust unserer äußeren Vertheidigungsbarrièren noch nichts entschieden ist, und im Gegentheil die Defensive ihre massenhaftesten, fortificatorischen Mittel noch erst zur Anwendung zu bringen hat, wenn der Angreifer sich dem Centrum des Reiches nahet. Im Jahre 1806 war die Wendung des unglückseligen Krieges entschieden, als unsere Armee in einer großen Doppelschlacht an den Grenzen des Staates eine Niederlage von destructiver Natur erlitten hatte. Denn kein Platz an der Elbe war groß genug, um die Reste des zersprengten Heeres aufzunehmen und ihnen den nothwendigen gesicherten Raum zur Reorganisation zu bieten. Nach Ueberschreitung der gedachten Stromlinie aber mußte der Mittelraum mit der Hauptstadt ohne Widerstand aufgegeben werden, und erst an der Weichsel kam der Krieg zum Stehen, d. h. wurde die Wiederherstellung einer Balance zwischen Angriff und Vertheidigung, die dem ununterbrochenen Vorfluthen des ersteren zeitweilig ein Ziel setzte, möglich. Wie ganz anders hätten die Dinge sich wenden können, wenn Berlin befestigt gewesen und damit der Offensive ein mächtiges „Halt!“ geboten worden wäre, bevor sie die Hälfte der Monarchie mit ihren Massen überdeckte!

Es ist von der höchsten Wichtigkeit für die richtige Beurtheilung des Werthes einer Central-Befestigung, sich deren Beziehungen zu dem Entwickelungsgange und den Chancen eines von der anderen Seite her mit der Tendenz zu einer großen Entscheidung geführten, Defensivkrieges so klar wie möglich zu machen. In einem derartigen Ringen beruht die Hoffnung der Vertheidigung auf der Möglichkeit, letzlich im geeigneten Moment einen wohl vorbereiteten und mit möglichst concentrirten Mitteln geführten Rückschlag zu geben, der, indem er die Rollen vertauscht und die seitherige Defensive zur Offensive macht, das wieder einbringt, was bis dahin aufgegeben worden. Der Calcül solcher Rückschläge beruht allerdings auf den Verlusten, die dem Feind durch die offensive Form seiner Kriegsaction bereitet sind, auf einer Schätzung des Plus an Opfern, welches der Angriff, im Gegensatz zu einer wohl geleiteten Vertheidigung, in der Regel zu bringen hat; auf einer Ueberlegung des Abganges, die jenem aus der Nothwendigkeit beim Vormarsche im feindlichen Lande [und das große Befestigungen decken], Rücken und Flanken durch Detachirungen, Seiten- und Reserve-Corps zu sichern, erwachsen. Es kommt dabei die Länge der Operationslinie sehr in Betracht, und gewiß ist, daß der Rückschlag um so mehr einer Seits Erfolg haben wird, je mehr alle jene Verhältnisse durch die Weite der von der Offensive durchmessenen Distanzen gesteigert würden. Aber anderer Seits haben wir nicht zu vergessen, daß die Defensive, namentlich eines auf eine beschränkte Raumfläche angewiesenen Staates, nur bis zu einem gewissen Punkte hin im Rückgehen durch die Annäherung an ihre Hülfsmittel an Kräften gewinnen, dagegen, wenn sie über diesen Punkt hinaus zurückweichen wollte, sich schwächen würde. Es wird dieser Punkt nicht unter allen Umständen mit der Mitte des Staates zusammenfallen, aber er wird mindestens ihr sehr nahe gelegen sein, und in der durch den Rückschlag zu gebenden Entscheidung wird eben darum die Existenz einer Central-Befestigung in der allerwirksamsten Weise sich geltend machen, weil sie der bestgelegene Stützpunkt für die große Kriegswende in Rücksicht auf ihre Lage wie ihre Dimensionen zu werden verspricht, und es durchaus von entschiedenem Vortheil sein wird, wenn man die Vereinigung der ungeheueren Mittel und Kräfte, deren man behufs der Einleitung und Durchführung des Rückschlages, d. h. der entscheidenden Hauptoperation des ganzen Kampfes, bedarf, im Kreise oder mindestens unter dem Schutze einer Capital-Befestigung vollziehen kann, anstatt sie im offenen und ungesicherten Raume vornehmen zu müssen.

Aber auch in einem überwiegend unglücklichen Kampfe, und der stimmtheit gewissester Ueberzeugung das Wort geredet wird, ein Näheres zu sagen. Denn wenn an und für sich schon eine wichtige Schätzung seines Werthes uns bei der hier vorgesetzten Aufgabe im hohen Maaße interessiren muß, so influirt zugleich im Besonderen eine Entscheidung darüber sehr bedeutend auf die Erledigung der so wichtigen Frage: wie der preußische, einem österreichischen Angriff blosgegebene Mittelraum zu decken sei.

Daß einander näher gelegene Festungen, eben dieser Nähe wegen, sich auch leichter untereinander zu unterstützen vermögen, als entfernter auseinander liegende, und im Allgemeinen manche Vortheile bieten, unter denen auch der ein besonders wichtiger ist, daß wir, wenn nur ein Platz von mehreren angegriffen wird, den Entsatz in größerer Nähe unter dem Schutze der anderen vorbereiten können, und entgegengesetzten Falles, eine sich durchschlagende Besatzung schneller einen Punkt der Sicherung gewinnt, leuchtet an sich ein, und es bedarf dafür keines weiteren Worts der Erläuterung. Aber diese Möglichkeit der gegenseitigen Unterstützung würde an und für sich noch kein ausreichendes Motiv für das Zusammenlegen sein, mit dem sich doch mancherlei Uebelstände verbinden, wenn die Möglichkeit jener Unterstützung nicht durch besondere Umstände, die nur in der Terrainformation, oder den von der Natur gebotenen Vertheidigungselementen zu suchen sind, in einem hohen Maaße eine gesicherte ist. Mit anderen Worten: eine Festungsgruppe soll nicht nur aus einzelnen, nahe an einander geschobenen Plätzen bestehen, sondern der dazwischen gelegene Raum muß auch derartig gestaltet sein, daß er, als ein Vertheidigungsobjekt im Ganzen und Großen aufgefaßt werden kann und indem die Festungen seine hauptsächlichsten Zugänge decken, einem fortificirten Abschnitt (Landes-Abschnitt) gleich zu achten ist. Eine Gruppe dieser Art haben wir bereits bei Erwähnung des Modliner Dreiecks und bei Besprechung des Systems in Ostpreußen, (Danzig Marienburg, Königsberg, Pillau xc.) gedacht. Man kann nichts Vortheilhafteres thun, als in dieser Weise die fortificatorischen Anlagen so zu sagen zu Massen zu ballen und damit ein entscheidendes Princip des Bewegungskrieges auf sie zur Anwendung zu bringen. Wenn aber General von Willisen durch zwei Forts bei Herrnstadt und Leubus, Glogau und Breslau verbinden und durch die Befestigung von Brieg die Plätze Neiße und Kosel zu einigen hofft, so verstehen wir ihn dabei nicht ganz. Dergleichen Arrangements fassen nur den einen Fall in's Auge, in welchem die Defensive mit bedeutenden Kräften in dem System sich placirt findet, und beachten nicht genugsam den anderen, wo dieses letztere wesentlich sich selber überlassen bleiben muß, was mindestens zeitweilig eintreten wird. Preußen hat bisher seine Befestigungen nur ausnahmeweise in Gruppen zusammen gelegt und in der Regel sie frontal entfaltet, und wir sind der Ueberzeugung, daß es sich damit an die von den Verhältnissen jeder Landesvertheidigung bedingte allgemeine Norm gehalten hat. Die Begriffe der Fronte, der Basis, der Operations- und Rückzugslinie, der Flanke u. s. w. sind militärische Hauptbegriffe, und überwiegen mit ihrem linearen Element in allen Beziehungen des Krieges. Ihnen, nach Möglichkeit, wird die Landesbefestigung zu entsprechen haben. Der Kreis, der Abschnitt, die Gruppe haben dagegen nur eine partielle Geltung. Während jene den ganzen Kriegsraum umspannen, und nach Länge und Breite durchmessen, sind diese in eine engere Sphäre gewiesen. Eine Gruppenbefestigung mag, unter Umständen, die stärkste Form sein, deren hier und da die Ingenieurkunst im Ganzen und Großen sich bedienen kann; aber wir acceptiren sie nicht als eine allgemein gültige und zu deren Gunsten auf alle Grundsätze des seitherigen Systems zu verzichten sei.

Eine direkte Deckung des preußischen, mittleren Landesraumes und im besonderen Berlins, welches keineswegs von allen Hülfsmitteln des Terrains entblößt ist, wird daher, unserer Ansicht nach, unter allen Umständen einer jeden anderen vorzuziehen sein. Eine Capital-Befestigung, welche die Hauptstadt unmittelbar umschließt, erfüllt ihren Zweck der Deckung unter allen Umständen, der Angriff mag kommen aus welcher Richtung er wolle, und sie unterscheidet sich um deswillen auf das Allervortheilhafteste von einer Flankengruppe, die im allerbesten Falle immer doch nur auf die Hälfte des Umfangsgebiets des zu vertheidigenden Objektes eine Wirkung ausüben kann, die außerdem eine mittelbare sein wird und bei der es als wesentlich in Betracht kommen muß: ob unsere Streitkräfte dem Gegner gegenüber das Feld halten können, oder nicht.

VIII.

Allgemeine Bedeutung der Orts-Lage von Berlin.

Die preußische Hauptstadt hat das Schicksal gehabt, als geographischer Punkt von bedeutungsvoller Lage in der öffentlichen Meinung erst spät zu ihrem Recht zu gelangen. Man hat Berlin viel zu überwiegend bisher als ein nur künstlich geschaffenes Centrum, als eine so zu sagen rein politische Mitte angesehen, ohne es zugleich als eine naturgegebene zu würdigen. In der That aber nimmt seine Position eine Bedeutung nicht nur für Preußen und für Nord-Europa, sondern für den gesammten Erdtheil in Anspruch. Was hier zunächst die preußische Centralität Berlins angeht, so beruht sie auf dem Umstande, daß der Raum zwischen der mittleren Elbe einerseits, und der mittleren und unteren Oder bis zum Haff andererseits wirklich die Mitte der Monarchie ist, und daß in diesem Raume die Hauptstadt des Staats ziemlich genau da liegt, wo der Geometer sie placiren würde, wenn er sie in's Centrum zu legen hätte. Für die Stellung Berlins in der großen, nordgermanischen Ebene kommt es aber in Betracht, daß es in die Mitte des zwischen der Ostsee und der Nordsee sich theilenden Wasser- (Fluß-) Systems postirt ist, indem es der Oder zwar um Etwas räumlich näher gerückt, aber mit der Elbe durch Spree und Havel in unmittelbare fluviale Beziehung gesetzt ist. Diese Stellung hat die Ausführung eines Canal-Systems ermöglicht, wodurch Berlin nicht nur zum Mittelpunkt der inneren Schifffahrt für die Marken, sondern für die ganze Osthälfte der Monarchie geworden ist. Sein Handelsstand kann einerseits Kahnfrachten bis Naumburg an der Saale, und andererseits bis Memel am kurischen Haff entsenden.

Die äußerste Südwestgrenze des preußischen Staats, und die äußerste Nordostgrenze sind von seiner Hauptstadt in gerader Linie gleich weit entfernt, denn die Distanz von Memel bis Berlin ist fast dieselbe wie die von Saarlouis eben dahin. Königsberg, die größte Stadt im preußischen Osten ist nur um wenige Meilen der Residenz ferner gerückt, wie Köln, die größte Stadt im preußischen Westen. Danzig, die größte Festung auf der preußischen Weichsel fällt von

Berlin etwa ebenso weit ab wie Coblenz, der größte Platz am preußischen Rhein. Es liegt die Hauptstadt der Monarchie der Hohenzollern central zwischen Hamburg und Breslau, den beiden umfangreichsten, bedeutendsten und bevölkertsten norddeutschen Städten nach ihr, auf der kürzesten Verbindungslinie zwischen ihnen, und von der einen fast gleich weit entfernt, wie von der anderen. Dieselbe Mitte aber behauptet sie annähernd in dem Dreieck, welches von den Städten Stettin, Magdeburg und Dresden, den zunächst größten in diesem Raume, abgesteckt wird. Wir kennen kein anderes Beispiel einer so bestimmt ausgesprochenen Centralität, in Mitten der großen Bevölkerungs-Sammelpunkte auf dem ganzen Continent. Schlägt man ostwärts Weichsel-Polen, und im Westen die Niederlande und Belgien zu der großen germanischen Ebene hinzu, so überrascht die annähernd gleiche Entfernung, in welcher Berlin durchaus genau auf der Warschau und Amsterdam verbindenden Geraden gelegen ist. Es liegt aber auch zugleich in der Mittelgegend der unendlich wichtigeren Linie, welche Moskau und Paris verbindet, d. h. recht eigentlich in der Schwer-Axe des Welttheils. Der Meridian von Berlin endlich theilt Europa in zwei einander an Macht, an Einwohnern und an sonstiger Bedeutung ziemlich genau das Gleichgewicht haltende Hälften und in nächster Nähe von ihm, und eben darum annähernd auf die Verbindungen durch Berlin zum europäischen Süden oder zum Norden hin angewiesen, liegen rechts oder links Stockholm, Christiania, Copenhagen, — Dresden, Prag, München, Triest, Venedig, Florenz, Rom, Neapel.

Mit derselben Zirkelspannung von der großen Residenzstadt der preußischen Könige aus streift man Stockholm, Christiania, London, Paris, Lyon, Turin, was etwa so viel heißen kann, als daß Berlin zu den Centren Schwedens, Norwegens und Frankreichs, und zu den Capitalen Großbritanniens und Sardiniens sich wie ein ihre räumlichen Beziehungen zu der Mitte Europa's einigendes Centrum verhält. Endlich liegen St. Petersburg und Neapel, sodann Constantinopel und Madrid ganz nahe der Peripherie von Berlin aus geschlagener gemeinsamer Kreise.

In der That, wir kennen keinen anderen Punkt im ganzen Welttheil der in demselben Maaße eine Mitte darstellte in dessen Raume überhaupt, gleichsam ein allgemeines Centrum zwischen den Einzel-Centren von dessen Theilen! Nicht alle so eben erörterten Umstände allerdings stehen mit der uns hier im Speziellen nahe liegenden wichtigen Frage über die Bedeutung Berlins als eine große preußische Centralfestung in Verbindung. Aber die überwiegende Anzahl derselben ist nicht außer Rapport zu der wichtigen, vermittelnden anderen Frage: welches einst die Zukunft und die Weltbedeutung dieser Hauptstadt sein wird, und auf welches Wachsthum letztlich man in Betreff ihrer zu rechnen hat? Denn ein Punkt, durch welchen die meisten Schwerlinien des Erdtheils, die direktesten Verbindungen zwischen dem Süden und Norden, Osten und Westen desselben laufen, und der eine vereinigende Mitte ist für die sonst gesondertsten räumlichen Beziehungen, der gekreuzt wird von den kürzesten Verbindungslinien der wichtigsten Emporien und Metropolen, hat in einer Zeit, wo der materielle Verkehr mehr und mehr die Tendenz zur Geltung bringt, die direktesten Linien zu den Hauptverbindungen zu machen, weil sie die am schnellsten zum Ziele führenden sind, eine nicht zu berechnende Bedeutung, und die mit jedem Jahre sich steigern muß. Mehr und mehr muß Berlin, ganz abgesehen von seiner Eigenschaft als Landescapitale Preußens, die in vielen Beziehungen noch weiter greifende Stellung eines communicativen Centrums des europäischen Continents gewinnen. Und das ohne Zuthun der Regierung und ohne daß dem Gange der Dinge in irgend einer Weise Gewalt angethan würde, durch den Drang der in der Culturentwickelung unseres Welttheils liegt allein, und vermöge seiner wunderbaren und unvergleichlichen Position.

Eine so situirte Hauptstadt zu besitzen ist aber, wenn auch im Allgemeinen von einem außerordentlichen Werth, von ganz besonderem doch vornehmlich für einen Staat, dem, wie dem preußischen, die große und schwierige, wenn auch edle und ruhmreiche Aufgabe geworden ist: die Ueberwucht der Extreme zu balanciren, in der Mitte hütend zu stehen als der von der Vorsehung bestimmte Beschützer einer Welt von kleinen Staaten, mit doppelt gewendeter Fronte gegen Rußland und Frankreich! Denn auf dieser Centralität seiner Mitte, des Sammelpunktes seiner Kräfte und aller seiner Ressourcen, beruht eben die stete und gleichgewogene Bereitschaft nach Osten hin wie nach Westen.

Aber nimmermehr darf diese bedeutungsvolle Mitte eine unbeschirmte bleiben, wie sie leider bis heute es noch ist! Die Rolle, welche uns das Geschick zugewiesen hat, und die mit dem Anwachsen der Staatsgewalten im europäischen Osten und Westen eine immer schwierigere wird, möchte anderen Falles bald nicht mehr durchführbar erscheinen.

IX.

Strategische Beziehungen einer Befestigung von Berlin.

Gemäß der Bedeutung, welche die beiden, den ostwärtigen und westlichen Kriegsraum gegen die Mitte hin abschließenden, und diese gegen Angriffe aus beiden Richtungen deckenden Stromlinien der mittleren Elbe und mittleren und unteren Oder für Preußen haben, hat dieses einen Hauptheil seiner Befestigungen ihnen entlang entwickelt, oder richtiger und zutreffender zu sagen: die ihm überkommenen Plätze, welche sich daselbst vorfanden, ehe Preußen sie mit seinen Grenzmarken umschlossen, sorgsam und mit Umsicht erweitert und verstärkt. An der Oder, und zwar zunächst dem Haff, ist Stettin gelegen, das nach dem Umbau und der Hinausrückung seiner Südwestseite mehr und mehr zum festen Platze erster Klasse geworden, jetzt allem Anschein nach einer neuen Vergrößerung entgegensieht, vermöge deren sein Umfang demjenigen der größten unserer neuen Festungen gleichgerückt werden dürfte. Weiter oberstromwärts, am Einfluß der Warthe in die Oder, ist das kleine, aber durch seine Lage in einem hohen Maaße begünstigte Küstrin gelegen, und in etwa gleicher Distanz von diesem, wie Stettin, liegt an der schlesischen Oder als ein letzter Flankenpunkt für die Marken Glogau. Auf der Elblinie dagegen finden wir das ausgedehnte Magdeburg, ferner Wittenberg und Torgau, von denen ersteres ein Platz erster Klasse von allem Anfang an gewesen ist, und diese seine Bedeutung auch heute noch, wo andere Dimensionen für Festungen als die früher üblichen in Anwendung gebracht worden sind, behauptet hat. Beide Festungslinien, welche annähernd einander parallel laufen, sind gegen dreißig Meilen auf der kürzesten Distanz von einander entfernt, was für ihre Verbindung unter einander immerhin als ein ziemlich weit gespannter Raum angesehen werden kann. Sie durch einen großen, mitten inne gelegenen Central-Platz zu einem System zu vereinigen, ist eine Idee, die sich an und für sich schon und auch ohne das Vorhandensein eines mächtigen Attraktions-Punktes, der außerdem annähernd in die Mitte zwischen beide Stromlinien fällt, einer jeden näheren Betrachtung aufdrängen würde. Spandau, bei dessen Anlage man durchaus andere, beschränktere, und auf wesentlich andere Interessen Bezug nehmende Gesichtspunkte im Auge hatte, konnte auch eines Insel-Abschnittes dem Feinde sein würde. Denn diese Inseln, welche heute schon nicht wehrlos sind, werden, in längerer oder kürzerer Zeit, von bedeutenden Befestigungen beschirmt werden. Schon ist Swinemünde vollendet, und das Projekt zu einem Kriegshafen auf der Nordostküste von Rügen entworfen.

Wir sind daher der Ansicht, daß Rußland, wenn es eine Landung bei einem ausbrechenden Kriege im Style einer großen Diversion unternehmen sollte, diese in der Lübecker oder Wismarer Bucht zur Ausführung kommen würde. Die bei St. Petersburg versammelte Truppen-Masse besteht alle Zeit aus zwei starken Armee-Corps, dem der Garden und der Grenadiere, die zusammen einen Effectivstand von etwa 60,000 Mann, auch in Friedenszeiten, repräsentiren und die Kerntruppen des Reiches sind. Da man nun auf einem Linienschiff etwa drei tausend Mann für eine kurze Ueberfahrt, außer dessen Besatzung einschiffen kann, so würde die heute aus 19 Linienschiffe, unter denen 7 Schrauber und aus 23 Dampffregatten und Corvetten bestehende russische Flotte im baltischen Meere allein schon und ohne weitere Mittel zu bedürfen im Stande sein das betreffende Doppel-Corps an Bord zu nehmen, und sicher überschätzen wir die Leistungsfähigkeit derselben Marine nach zehn Jahren nicht, wenn wir ihr zutrauen, daß sie 80,000 Mann mittelst einer Ueberfahrt nach Wismar oder Lübeck-Bucht bringen könne. Eine solche Landung, und der schnelle Vormarsch der debarkirten Macht auf Berlin würde ein Schlag der Ueberraschung sein, der alle unsere Anordnungen stören und unsere strategischen Arrangements vielleicht in dem Augenblick durchkreuzen würde, wo wir mittelst derselben im Stande sind dem Kriege eine für uns günstige Wendung zu geben. Wollen wir aber einer derartigen Diversion und ihren Folgen vorbeugen, so kann es nur in zweierlei Weise geschehen: nämlich indem wir entweder das bedrohte Haupt-Objekt Berlin gegen welches der Coup zielt durch eine direkte Befestigung ein und für alle Mal sicher stellen und eine Garnison von etwa 25,000 Mann darin zurück lassen, oder eine Armee in den Marken von der dreifachen Stärke formiren, welches letztere ein Ausweg ist, der dem ersteren an Zuverlässigkeit nachsteht, und außerdem in einem entscheidenden Augenblick uns eine bedeutende, hoch in Anschlag zu bringende Truppenmasse entzieht.

Es ist eine der wesentlichsten Erwägungen, die, bei Anwendung ausgedehnter Befestigungen zu Gunsten derselben in Betracht kommen, daß sie geeignet sind, lebendige Kräfte durch unbelebtes Material zu ersetzen und eben dadurch der Vertheidigung einen bedeutenden Zusatz an Widerstandsmitteln zu verschaffen, der letztlich den Grund, weshalb sie Vertheidigung und nicht Angriff ist, und der lediglich in ihrer Schwäche beruht, aufheben und den Rückschlag oder die Wende des Krieges (siehe oben) zu Stande bringen muß. Kein Staat aber hat mehr Gewicht hierauf zu legen, wie Preußen, die an Raum und Kräften beschränkteste unter den europäischen Großmächten und die nur durch die höchste Anspannung ihrer Mittel, zugleich aber auch nur durch deren geschickteste und prompteste Verwendung in der ersten Linie sich zu erhalten vermag. Fünfzigtausend Mann mehr oder weniger sind aber oft von entscheidendem Gewicht, zumal da, wo wir in unseren neueren Kriegen die Waagschalen oft nahezu im Gleichgewicht stehen und letztlich die numerische Ueberlegenheit, bei den großen Entscheidungskämpfen zumeist das den Ausschlag gebende Prinzip ist.

Eine andere Betrachtung über den Sonder-Werth einer Befestigung von Berlin knüpfen wir an die Eventualität eines französischen Angriffs-Krieges wider Preußen. Zu dem Ende bieten sich unserer großen westlichen Nachbar-Macht zwei verschiedene Operations-Haupt-Richtungen dar. Eine französische Offensiv-Armee kann es sich zum Ziele nehmen, durch unsere Befestigungen am Rhein durchzubrechen und von da aus in nordwestlicher Richtung auf die Elbe und Berlin vorzudringen. Nur zwei wesentliche Hindernisse werden ihr dabei entgegen stehen, nämlich unsere beiden befestigten Vertheidigungs-Linien am Rhein und an dem letztgedachten Strome (der Elbe). Im anderen Fall umgeht der Angriff, durch einen Ueberfall Belgiens und Hollands die Rhein-Barrière, indem er den Strom in den Niederlanden passirt, wirft sich von dort, nachdem er sich eine Basis eingerichtet und starke Observations-Massen zurückgelassen hat, auf die Unter-Ems, Unter-Weser und Unter-Elbe, wo Preußen durchaus kein Territorium besitzt, mithin auch keine eigenen Festungen, und das, was diesen Namen beanspruchen möchte, ihn nicht verdient. An der Elbe angekommen, würde die französische Offensive in den deutschen Besitzungen des ihm befreundeten Dänemarks eine Zwischenbasis gewinnen und auf diese gestützt, wie auch durch die breite Niederelbe gegen einen Rücken-Angriff geschützt, nach deren Ueberschreitung einen Zug nach Berlin antreten können, ohne dabei und in dem Fall des Gelingens bis zu seinen Thoren hin in irgend eine nähere Berührung mit einer preußischen größeren oder kleineren Festung zu kommen. Denn dieser excentrische Angriffsweg würde das zwischen der französischen Grenze und der preußischen Hauptstadt gelegene aus zehn Plätzen vom ersten bis dritten Range bestehende Festungssystem gänzlich umgehen und abgesehen von der Flankenwirkung, welche Preußens Defensive allerdings von dem wohlbefestigten Rhein her auszuüben vermöchte, unsere Waffenmacht in eine Lage versetzen, in welcher sie von der westwärtigen Landesbefestigung in keiner Beziehung einen entscheidenden Gebrauch zu machen im Stande wäre. Angriff und Vertheidigung ständen also unter der gemachten Voraussetzung annähernd auf gleichem Boden; und zwar hauptsächlich darum, weil Strom-Passagen nur unter Mitwirkung von Befestigungen ernstlich zu erschweren sind, indem die beste und sicherste Vertheidigung von Wasserlinien auf der Möglichkeit des gesicherten Gegen-Ueberganges beruht. Es schnitte uns die so gerichtete Offensive von Holland und Belgien ab und gäbe die außerordentlich reichen Hilfsmittel dieser Länder an Frankreich; sie durchbräche aber auch zugleich unsere nächsten Verbindungen mit England, überlieferte dem Gegner beim weiteren Vorschreiten die bedeutenden und unschätzbaren Ressourcen der deutschen Hansestädte und führte eine französische Cooperation mit Dänemark, vielleicht sogar mit Rußland herbei. (Siehe oben). Es ist nicht zu leugnen, daß ein derartiger Angriff, wenn man von seiner excentrischen Operationslinie, die eine Schwäche seiner rechten Flanke und im Allgemeinen seiner rückwärtigen Verbindungen mit der Haupt-Basis bedingt, Absehen nimmt, viele Vortheile haben würde. Indem er nur Seiten-Corps und keine Belagerungs-Armeen vor den großen Festungen zurück zu lassen hat, vermag er sich seinem Ziele mit verhältnißmäßig wenig zersplitterten Kräften zu nahen. Wir betrachten daher die hier berührten Verhältnisse, wie überhaupt die ganze Eventualität als ziemlich ernst und die aus ihnen, unter gewissen Voraussetzungen, uns erwachsende Gefahr als durchaus nicht gering; und wir sind der Meinung: daß ein nordwestdeutsches, dem preußischen sich auf dem äußersten rechten Flügel anschließendes Festungssystem, dem seine Haupt-Lineamente in den Stromläufen der unteren Ems, Weser und Elbe gegeben sind, letztlich sich als eine unerläßliche Nothwendigkeit empfehlen wird. Denn unser Sicherheitsgefühl Frankreich gegenüber, würde ein noch größeres schon jetzt sein, wenn wir eine solche Stütze besäßen. Was Preußen aber und die auf seinem eigenen Territorium zu treffenden Vorkehrungen angeht: so kann es nicht füglich etwas Nachdrücklicheres thun, um mindestens den letzten Consequenzen des in Rede stehenden, excentrischen Angriffs zu begegnen: als **Berlin zu befestigen.**

XI.

Berlin als Position im engeren Kriegs-Raume.

In den letzt vorausgegangenen Kapiteln haben wir auseinander zu setzen versucht, daß Berlin Ziel und letzter Entscheidungs-Punkt (im Sinne der Ausschlag gebenden Wendung des Krieges) aller Angriffe ist, die aus dem weiten Umkreise der preußischen Monarchie auf diese gerichtet werden können. Gegen den wahrscheinlichsten französischen Angriff, d. h. gegen den directen und centralen decken es, wie bereits bemerkt, die beiden befestigten Stromlinien des Rheins und der Elbe; aber die letztere kann nicht nur durch einen Uebergang über die fortificatorisch ungedeckte Niederelbe umgangen werden, sondern auch indem der Feind die Passage im Königreich Sachsen, etwa bei Dresden oder Meißen erzwingt. Was eine russische Offensive angeht, so wird ihr mächtigster Stoß stets central, in der Richtung von Warschau gegen die preußische Hauptstadt fallen, in welchem Falle der Gegner nur ein bedeutendes Hinderniß, und was an Stärke nicht erster Classe ist, zu überschreiten hat. Der Zugang zu Berlin ist aber ganz offen innerhalb des weiten Raumes zwischen Elbe und Oder und zwar von Böhmen aus, entweder durch Westschlesien (die Lausitzen) oder durch das Königreich Sachsen. Denn es findet sich hier bis zur preußischen Hauptstadt hin keine einzige durchlaufende und ausreichend starke Hindernißlinie, die als ein Frontalschutz für eine große Armee und als eine Basis ihrer defensiven Operationen zu dienen vermöchte.

Wenn aus diesen Umständen erhellt, daß Berlin im weiteren Umkreise für die Vertheidigung nicht besonders günstig gelegen ist, und seine Situation in kritischen Kriegslagen eine äußerst bedrohte werden kann, so erscheinen auch auf den ersten Ueberblick die Terrainverhältnisse in seiner unmittelbarsten Nähe der Anlage eines großen Platzes als nicht eben im hohen Maaße günstig. Bei einer näheren Prüfung indeß wird sich finden, daß sie auch nicht entschieden schlecht für den betreffenden Zweck sind, daß im Gegentheil ein richtiges Verständniß ihrer Besonderheit ihnen manche starke Seite abgewinnen wird, und daß die Befestigungskunst hier stellenweise und im Allgemeinen, Gelegenheit zu Combinationen findet, wie man sie kaum glücklicher an den beiden Haupt-Barrièren der preußischen Landesvertheidigung am Rhein und an der Weichsel zu gestalten vermöchte. Berlin liegt an keiner weit ausgedehnten, breiten und ein mächtiges Hinderniß allerwärts formirenden Wasserlinie, wie sie Wien in der Donau besitzt; aber ein derartiges wichtiges Vertheidigungs-Element fehlt ihm nicht ganz; ja bei einer ausreichenden Ausdehnung des zu formirenden Defensiv-Kreises kann es in einem Maaße in denselben hineingezogen und den Vertheidigungs-Zwecken nutzbar gemacht werden, daß Vortheile damit gewonnen werden, die allermindestens denen, welche die Seine den Befestigungen von Paris bietet, gleichzusetzen sind. Es beruht diese Behauptung darauf, daß die preußische Capitale nahe dem bedeutungsvollen fluvialen Knotenpunkt gelegen ist, welcher durch den Zusammenfluß der Spree mit der Havel, besonders vermöge der Verbreiterung der letzteren zu weiten Seen, gebildet wird, und als dessen eigentlicher Schlüsselpunkt Spandau angesehen werden kann. Diese bedeutungsvolle Confluenz theilt das Terrain um Berlin her so zu sagen in drei geschiedene und an Größe einander nicht allzu ungleiche Schachfelder, nämlich ein westliches (Havelland mit seinen vielen durchlaufenden Sumpf- und Bruchlinien), ein nordöstliches und südöstliches, welche beide letzteren von der Spree und den ihr zugehörenden Seen geschieden werden, und bietet die eigentliche Grundlage dar für den fortifikatorisch-taktisch-strategischen Calcül behufs des Entwurfes eines auf eine weite Wirksamkeit in den Umkreis hinein berechneten, und für eine Vertheidigung durch bedeutende Massen einzurichtenden, großen Centralplatzes. Zunächst hat man vor Allem darauf zu denken: Herr des besagten Flußknotens zu bleiben, eine Aufgabe, die mindestens annähernd bereits durch die Festung Spandau gelöst ist; sodann hat man die Verbindung zwischen der Hauptstadt, d. h. dem eigentlichen Befestigungs-Objekt und diesem äußerst wichtigen Punkte so weit wie möglich, zu sichern; Berlin, seinem ganzen Umfange nach in eine feste und sturmfreie Umfassung (Enceinte) zu legen, wenn auch in keine jener schweren Manier, wie sie bei den ostwärtigen Festungen angewendet wurde; endlich der oberen Spree und der oberen und unteren Havel durch Befestigungen so weit dauernd Meister zu werden, um eine continuirliche Einschließung des fortificirten Ganzen auf eine so ausgedehnte Peripherie zurück zu drängen, daß sie beinahe unausführbar, das heißt nur mit einer enormen Truppenmasse möglich wird, mithin der Feind unter normalen Umständen nur auf einem oder zwei Schachfeldern uns gegenüber sich etabliren und gezwungen sein wird, zwei, oder mindestens eins offen zu lassen, weil er, anderen Falls, wegen übertriebener Ausdehnung seiner Fronte, die Angriffskraft zersplittern und sich den, in solcher Lage bedeutenden Gefahren einer oder mehrerer partialer Engagements, in der die Uebermacht schwerlich auf seiner Seite wäre, aussetzen würde. Darauf aber, daß uns zwei oder mindestens ein Feld offen bleiben wird, können wir nicht genug Gewicht legen. Die Bedürfnisse einer großen Stadt sind ungeheuer, und sie ist mit denselben auf einen weiten Umkreis angewiesen. Eine Einschließung auf allen Fronten würde sie von diesem trennen; wogegen, wenn die Vertheidigung mindestens ein Schachfeld sich offen erhält, allen Nothwendigkeiten genügt, und, was gleichfalls von einer unermeßlichen Bedeutung ist: die Verbindung mit der verbliebenen Feld-Armee in den meisten Fällen aufrecht erhalten werden kann. Denn schließlich beruhen hierauf alle unsere Hoffnungen, weil letztlich nur ein Inverbindungtreten unserer Innenmacht mit unserer Außenmacht die Aufhebung der Belagerung, d. h. einen strategischen Rückschlag und damit eine Wende des Krieges im Ganzen und Großen (siehe oben) herbeiführen kann. Geben wir dem uns hier unterliegenden Gedanken sofort den entsprechenden lokalen Ausdruck. Unserer Ueberzeugung nach wird auf Grundlage der Terrainverhältnisse, d. h. im besonderen der fluvialen Formationen, um die preußische Hauptstadt her, das dieselbe umschließende Befestigungs-System ein radiales sein müssen. Oranienburg, Köpnik und Potsdam sind die Endpunkte der gleichgemessenen Halbmesser, welche in Spandau das gemeinsame Centrum haben. Das zu deckende Objekt Berlin liegt allerdings auf dem schwächsten dieser Radien, dem der Spree, aber den beiden anderen und der einigenden Mitte ausreichend nahe gerückt, um mindestens nach einer Seite hin, vermöge dieser Lage, schon jetzt als fast vollkommen gedeckt betrachtet werden zu können.

XII.

Haupt-Lineamente des Projekts.

Der eigentliche Nerv und die Hauptstärke der Position, die wir am Schluß des vorhergehenden Abschnittes ihren äußeren Umrissen nach umschrieben haben, beruht auf den beiden Radien Spandau-Oranienburg und Spandau-Potsdam. Wir würden es für einen überwiegend günstigen Umstand erachten, wenn diese beiden Halbmesser derartig gestellt wären, daß sie Berlin gegen den direkten Angriff von Osten und Süden her decken, weil die aus diesen Richtungen der Hauptstadt drohenden Gefahren uns bei weitem als die bedeutendsten erscheinen. Indem dagegen die Havel-Radien sich beide gegen Westen mit einer schwachen Wendung wider Nordwest stellen, bieten sie zwar nicht den wünschenswerthesten frontalen Schutz, um so mehr aber eine wohlgelegene Basis dar, oder was in diesem Fall vielleicht der richtigere Ausdruck für den betreffenden Begriff ist, eine gesicherte Kehllinie. Oranienburg und Potsdam sind die beiden Flügelpunkte dieser Basis, und zugleich diejenigen einer die Verbindung Berlins mit der Elbe sichernden zweifachen Vertheidigungslinie, von denen die südliche das Haupt-Element ihres Widerstands-Vermögens in den zwischen Potsdam, Brandenburg und Plauen gelegenen breiten Havel-Seen findet, die andere aber in den Brüchen, Seen und Sümpfen, die sich in fast ununterbrochener Kette zwischen Oranienburg und Havelberg hinziehen. Der eingeschlossene Raum gewinnt damit die Natur und Bedeutung eines Abschnittes, und der eine gewisse Stärke nicht entbehrt. Denn gerade da, wo von Süden her ein gewaltsamer Einbruch in denselben am ehesten zu befürchten sein möchte, nämlich zwischen Plauen und der Elbe, macht sich der Einfluß der etwas vorwärts und in der Flanke der betreffenden Fronte gelegenen, mächtigen Festung Magdeburg in einem hohen Maaße geltend. Außerdem ist zu beachten, daß die Havel bei Plauen umbiegt, und indem sie sich unter fortgesetzter Bildung von Seen nach Norden und Nordwesten wendet, der betreffende Raum auch dann noch als unalterirt und vollkommen abgeschlossen angesehen werden kann, wenn der Gegner den Canal bei Genthin überschritten und die Communication mit der Elbe coupirt haben sollte. Denn anstatt dieser wird unter solcher Voraussetzung die untere Havel dem Abschnitt zu einer starken, westwärtigen Barrière, und welche gerade der Seen-Formation wegen nur auf einzelnen Stellen durchbrochen werden kann.

Nicht minder aber wie mit der Elbe läßt sich unter Umständen zwischen dem um Berlin her zu etablirenden Vertheidigungssystem und der Oder eine nach Norden und Süden hin annähernd gedeckte Verbindung aufrecht erhalten. Es geschieht dies in ersterer Richtung (nach Norden hin) inmittelst des Finow-Canals und der oberen Havel, im Anschluß an den Radius von Oranienburg, und in der anderen (gegen Süden) mittelst des Mülroser Grabens und der oberen Spree, im Anschluß an den Radius Köpnick. Der damit formirte ostwärtige Abschnitt ist nicht von derselben Stärke wie der westliche, aber immerhin kann es als ein vertheidigungsfähiges Ganzes angesehen werden, und was nur auf einzelnen Frontheilen einen Angriff gestatten wird.

Derartige locale Verhältnisse im engeren und weiteren Sinne schreiben für die Befestigung von Berlin ein System vor, welches eben darum als ein von der Natur selber gegebenes angesehen werden kann. Gerade daß es ein bedeutend ausgedehntes ist, muß in Anbetracht der Bestimmung des Platzes als Capital-Befestigung des Staates für einen willkommenen Umstand angesehen werden. Er entspricht dem Charakter der centralen Defensive nicht minder wie dem Bedürfniß des zu umschließenden Objektes nach einem weiten Raume, in den seine Erweiterungs-Anlagen sich hinein zu dehnen vermögen. Bei der Ausführung selber wird es sich um nichts Geringeres handeln als darum die Berlin deckende Haupt-Vertheidigungslinie einerseits an die von Spandau aus oberst vom, andererseits an die von ebendaselbst unterst vom gelegenen Havel-Seen anzulehnen, und zwar derartig, daß damit annähernd ein fortificatorisch geschlossenes, ungeheueres Dreieck gewonnen wird, welches seine Grundlinie an der Havel und die Mitte derselben in Spandau hat, und seine derselben abgewendete Spitze an der Spree, in der Richtung auf Köpnick. Eine derartige Form, welche für kleine Anlagen nicht anwendbar ist, wäre in diesem Falle ebenso zweckmäßig wie einfach. Sie legte die Spitzen, in denen man immer doch die schwachen Punkte zu suchen hat, in die unmittelbare Nähe des deckenden und schützenden Haupt-Elements (der oberen und unteren Havel und der Spree), und reduzirte die Anzahl der Entwickelungsfronten auf drei, von denen die westwärts gewendete von einer außerordentlichen Stärke und nicht füglich anzugreifen wäre, indem sie die Havel mit ihren breiten Seen unmittelbar vor sich hätte, und die beiden anderen, indem sie je durch Havel und Spree auf ihren Flügelpunkten gedeckt wären, sich mindestens nicht übel situirt fänden. Zugleich rückte man mit dieser Form den festzuhaltenden Endpunkten der Radien, nämlich Oranienburg, Köpnick und Potsdam, verhältnißmäßig nahe, wenn sie auch immerhin durch einen bedeutenden Raum von der in Rede stehenden Umfassung getrennt blieben, und zur Verbindung mit derselben mancher fortificatorischen Zwischen-Anlagen bedürfen würden. Der schwachen Punkte aber, welche, wie bemerkt worden, in den Spitzen zu suchen sind, würden endlich nur drei sein, zwei an der Havel und einer an der Spree, wogegen die Frontentwickelungen selbst in ihrer bedeutenden Ausdehnung von einer nicht gering zu achtenden Stärke sein dürften.

XIII.

Allgemeine Bemerkungen über Radial-Befestigungen zur näheren Erläuterung des Projekts.

Wir haben es im Kriege vorwiegend mit zwei verschiedenen Begriffen zu thun, die mit den beiden militairischen Haupt-Actionen, der Bewegung und dem Standhalten, eng verbunden, so zu sagen, die Anwendung beider auf den Raum sind. Zum Standhalten bedarf man einer Entwickelung seiner Kräfte, einer Entfaltung derselben behufs eines ausgedehnten und entscheidenden, d. h. eines gleichzeitigen Gebrauches, oder um den Begriff in das Geometrische zu übersetzen: einer **Fronte**. Zum Bewegen dagegen ist es unerläßlich, daß das Terrain in der betreffenden Richtung wegsam oder practikabel sei, es setzt mithin eine Straße oder eine Operationslinie voraus. Wir verkennen durchaus nicht, daß der Angriff ebensowohl des frontalen wie des diesem entgegenstehenden Elements für die Bewegung geradeaus bedarf, denn den eigentlichen Act der Ueberwältigung, auf welchen es ihm vorzugsweise ankommt, wird er überwiegend mehr durch die Ueberflügelung als mittelst des Durchbruchs vollziehen. Aber es ist nichtsdestoweniger nicht zu verkennen, daß die Fronte im höheren Maaße defensiver, also Widerstand leistender Natur, als offensiver ist, und daß, wenn hier von einer Eintheilung überhaupt die Rede sein kann; man die Bewegungslinie dem Angriff, und die Frontallinie der Vertheidigung zuzuweisen hat. Ob in dem betreffenden Fall die Offensive einer allgemeinen Offensiv- oder Defensiv-Thätigkeit angehört, mithin ein Theilangriff oder ein angriffsweiser Rückschlag nur ist, kommt hierbei nicht in Betracht, und umgekehrt. Es erhellt hieraus aber ein zweifaches, nicht genug zu beachtendes Gesetz, nämlich: daß die Landesbefestigung im Allgemeinen die Sicherung doppelter Linien durch fortificatorische Anlagen zum Zweck hat: ein Mal frontaler, die fähig sind, dem Standhalten die bestmögliche Stütze zu bieten, und sodann operativer (oder Bewegungslinien), sowohl für das Vorgehen wie für die Rückbewegung. Dieser Unterschied wird keineswegs dadurch aufgehoben, daß in vielen Fällen ein und dieselbe befestigte Linie beiden Zwecken zu dienen im Stande ist..

Aber nicht allein für die Landesbefestigung im Allgemeinen, sondern zugleich für die Capital-Befestigung, die nur einen integrirenden Theil der ersteren ausmacht, im Besonderen, ist eine Rücksichtnahme auf diesen Doppelzweck nothwendig, und zwar vornehmlich der weitgreifenden Bedeutung wegen, welche die Vertheidigung der Hauptstadt im Defensivsystem eines Staates überhaupt zu beanspruchen hat. Denn es handelt sich bei jener wichtigen Action in der That nicht um ein Standhalten allein, d. h. um einen reinen Widerstand, sondern zugleich um die Herbeiführung der Möglichkeit eines entscheidenden Rückschlages in den Umkreis hinein, und um eine Umwendung der bis dahin verfolgten Kriegs-Tendenz, vermöge deren die Rollen der Offensive und Defensive unter den einander bekämpfenden Parteien letztlich vertauscht werden. Weil nun aber dem so ist, so muß gleich bei der Anlage der Capitalbefestigungen ein sehr bestimmtes Augenmerk hierauf genommen und der Rückschlag, den man letztlich zu geben bezweckt, schon durch die Anlage der Werke und durch die Form des betreffenden Bau-Entwurfes im Ganzen und Großen vorbereitet werden.

Wir bedürfen für die Fortificirung der Hauptstärke des **frontalen Elements**, weil schließlich und fast alle Mal der entscheidende, ausharrende Widerstand auf demselben beruhen wird; aber zugleich können wir des **operativen Elements**, d. h. der befestigten Bewegungslinien, oder wie man sie, weil sie von einem Mittelpunkt ausgehen, in diesem Falle nennen kann: der **Radien** nicht entbehren. Sie sind das vortreffliche Mittel und zugleich das in dem betreffenden Falle fast einzig und allein anwendbare, vermöge dessen wir den Feind an einer nahen Einschließung behindern, oder wenn er sie dennoch durchsetzt, diese seine Maaßregel in ihren Folgen illusorisch machen können, indem die befestigten Halbmesser die Cernirungslinie auf verschiedenen Punkten auseinander halten, die Blokademacht in verschiedene Theile zerlegen, die, indem sie sich einer den anderen nicht auf dem kürzesten Wege zu unterstützen vermögen, alle mehr oder weniger schwach sind, und einer energischen und kraftvollen, in offensiven Rückschlägen ihr Heil und ihre Hauptauskunft suchenden Vertheidigung Gelegenheit bieten, einen dieser Theile nach dem anderen, wenn ihre Kräfte dazu ausreichend sind, klammerförmig zu umfassen, und mittelst der Ueberraschung, während er sich von der seitwärtigen Unterstützung isolirt befindet, zu überwältigen.

Die befestigten Radien einer Capitalbefestigung sind die taktisch-strategischen Fühlhörner derselben. So lange der mit einer ausreichenden Garnison und hinlänglichen Hülfsmitteln ausgerüstete Groß-Platz sich im ungeschmälerten Besitz dieser Radien erhält, ist von einer eigentlichen Berennung, von einer nachdrücklichen Einschließung, und eben darum zugleich von einer Abschneidung der Festung durch den Angreifer nach außen hin, nicht zu denken. Denn es giebt kaum einen Fall, in welchem z. B. das in der angedeuteten Manier befestigte Berlin nicht mindestens eine Seite eines Radius behufs der freien Communication mit dem Umkreise sich intakt zu erhalten vermöchte. Mittelst desselben wird es gelingen, allen Bedarf heran zu ziehen, jede Zufuhr, welche mit dem weit ausgestreckten Arm in Berührung gekommen ist, wird als dem Platz gesichert angesehen werden können; desgleichen jeder Verstärkungstrupp, der bei dem äußersten Fort des betreffenden Radius angekommen ist, sofort mit dem Gros der Festungsbesatzung in Verbindung zu treten im Stande sein.

Es werden die befestigten Halbmesser, und vor allem wird es der am meisten frei bleibende von ihnen sein, mittelst deren die Festungen der Stellung des Gegners in ihrer Nähe ungeachtet alle Verbindungen in den Umkreis hinein unterhalten; durch den letzteren Radius werden sie mit der Volksbewaffnung des platten Landes in Communication verbleiben und dem Feind eben dadurch in der für ihn bedrohlichsten Richtung, nämlich in seinem Rücken einen Widerstand erregen, der nothwendig den freien Gebrauch seiner Kräfte in der Fronte beschränken und schwächen muß. Am allerentscheidendsten aber werden die befestigten Radien in Wirksamkeit treten, nachdem die Macht im Rücken des Belagerers ausreichend angewachsen ist, um einen entscheidenden Schlag führen zu können. Wir erörtern hier nicht die außerordentlichen Schwierigkeiten, welche es für den Gegner haben wird, das schnelle Zusammengreifen unserer Außen- und Innen-Macht, die mindestens in dem frei gebliebenen Radius eine gedeckte Verbindung unter einander besitzen, zu hindern, oder auch nur bedeutend zu erschweren. Aber wir können nicht unterlassen anzudeuten, daß die befestigten Halbmesser im Allgemeinen unter den gemachten Voraussetzungen, eine treffliche Gelegenheit werden können, um den Feind in eine Katastrophe zu stürzen, die zugleich zu einer großen Wende des Krieges werden müßte. Dem Anmarsch und der späteren Entfaltung der zum Entsatz der Festung heranziehenden Macht kann recht füglich eine derartige Richtung gegeben werden, daß in dem Augenblick, wo sie die Spitze eines befestigten Radius berührt, der Feind, so zu sagen, zwischen drei Fronten genommen sein wird, von denen zwei, weil sie aus Fortificationen bestehen, für ihn momentan, d. h. in dem entscheidenden Augenblick undurchbrechbar sind, und die dritte aus den Truppen formirte, den ganzen élan der zum Angriff übergehenden Defensive auf ihrer Seite hat. Seine Parks und seine sämmtlichen Etablissements mit allen Vorräthen wird er mindestens dabei verlieren, wenn seine Armee nicht selber von einem jener furchtbaren Schläge getroffen werden sollte, die unter ähnlichen Umständen der Vertheidigung zu gelingen pflegen.

Will dagegen der Feind derartigen mißlichen Eventualitäten ausweichen, will er methodisch verfahren, nimmt er Anstand in den offenen Raum zwischen zwei Radien sich hinein zu wagen, ehe er mindestens einen überwunden, und setzt er sich diese Operation zum nächsten Ziel, so hat die Belagerung kein Ende für ihn, und er verwickelt sich in einen Kampf, dessen letzte Resultate nothwendig sehr schwankend sein müssen. Denn man wolle nicht vergessen, daß der Gegner sich mitten in unserem Lande befindet, umgeben von unsern Widerstandsmitteln und unseren mehr und mehr zu einem verzweifelten Rückschlag sich ballenden Kräften, auf einige wenige Communicationen mit seiner Basis beschränkt, und den eigenen Ressourcen weit entrückt. In keinem Fall wird er, in solcher Lage, im Stande sein, alle Radien-Têten zugleich anzugreifen. Es setzte eine derartige Methode, die allerdings dem Zwecke sonst am meisten entsprechen würde, eine Zersplitterung der Angriffsmacht in eben so viele vereinzelte Operationsmassen voraus, als Radien vorhanden sind. In dem besonderen Falle, welchen unser Befestigungsprojekt von Berlin bietet, würde der Gegner mindestens drei Offensiv-Corps zu formiren haben, die, weil sie von Distanzen bis zu zehn Meilen von einander geschieden wären, wieder zweier oder dreier, oder je nach Umständen mehrerer Zwischen-Corps bedürfen würden um die Verbindung unter einander nicht zu verlieren. Im äußersten Falle würde dieses Angriffssystem zu einer Vertheilung der Offensiv-Streitmittel auf einer Peripherie von zwanzig bis fünf und zwanzig Meilen führen und der Defensive würde es nicht schwer fallen gegenüber einer derartig aufgelösten Macht, mittelst ihrer eigenen Centralisation und vermöge momentaner massenhafter Concentrirungen, die allerentscheidendsten Resultate zu erlangen. Denn sie könnte mit ihrer disponiblen Hauptmacht, die sie schnell und in überraschender Weise zusammen nähme, sich um so zuversichtsvoller auf jedem Punkte des Umkreises, auf welchem der Gegner schwach ist, engagiren, weil sie sich allerwärts in einem Verhältniß des Basirtseins befindet, nämlich mit zwei Radienlinien in der Richtung der Flanken und einer Kernbefestigung im Rücken, welches unter solchen Umständen nicht besser gewünscht werden kann, und über alle Besorgnisse wegen eines Abgeschnittenwerdens hinwegheben wird.

Wir machen hier letztlich noch auf die Schwierigkeiten aufmerksam, die es haben würde, einen befestigten Radius, anstatt ihn an seiner Tête anzugreifen und in seiner eigenen Richtung vorschreitend, stückweise zu überwältigen, so zu sagen auf seinen langen, (im frontalen Sinne zu nehmenden) Flanken zu umfassen. Ein derartiger Angriff wäre schon darum in einer üblen Lage, weil er durch das Hinderniß, auf welches die radiale Befestigung sich stützte (in dem in Rede stehenden Falle die obere und untere Havel und die Spree) halbirt werden würde, und wenn er einerseits den Vortheil hätte, die Vertheidigungsposition, gegen die er gerichtet ist, auf zwei Seiten zugleich zu bedrohen und zu umwickeln, andererseits der bedeutende Nachtheil sich gegen ihn wenden würde, daß die Defensive alle Chancen einer Centralstellung unter äußerst vortheilhaften Umständen ausbeuten könnte. Außerdem befinden sich die beiden Flanken des Angriffs mehr oder weniger ungedeckt und bei ihrer Annäherung an den Platz selber, von diesem aus einem offensiven Rückschlag in einem Bedenken erregenden Maaße preis gegeben. Desgleichen wäre der Rücken des Belageres in der Nähe dieser Flanken, und zwar von den nebengelegenen befestigten Halbmessern aus, wenn dieselben nicht in derselben Weise umfaßt würden, bedroht. Eben darum fürchten wir wenig von einer derartigen beschleunigten Methode, die den Zweck hätte, unseren Radien die Axt an die Wurzel zu legen und sprechen es hier unumwunden aus, daß niemals ein auf befestigten Halbmessern beruhendes Vertheidigungssystem von überlegenen Kräften schnell erdrückt werden kann.

Bevor wir zum Schluß dieses nicht unwichtigen Capitels gehen, wollen wir noch einige Punkte erörtern, die wir nicht gern im Unklaren lassen möchten.

Im Allgemeinen werden drei befestigte Radien ausreichend sein, um einen an und für sich geschlossenen Platz in eine erweiterte und gesicherte Beziehung zu seinem Umkreise zu stellen, und ein sofortiges und unvorbereitetes Hineingehen in den Winkel zwischen je zwei für den Angreifer bedenklich, und, unter Umständen unthunlich machen. Man deckt mit diesen Radien, das ist nicht zu leugnen, den von ihrer Peripherie umschlossenen Raum nur indirekt, nicht unmittelbar, aber man hat nicht zu vergessen, daß es zu diesem Zweck einer frontal entwickelten Umschlußlinie bedürfen würde, welche die Ausdehnung der drei Radien mindestens um das Doppelte übertreffen würde, indem nicht weniger wie sechs Radien den Kreis umschließen. Der Vortheil, welchen man für sich hat, wenn man, um einen ausgedehnten Umkreis zu beherrschen, fortificirte Halbmesser anstatt peripherisch gelegener Befestigungen anwendet, verhält sich mithin wie 2 : 1.

Es ist sodann zu bedenken, daß eine frontale Linie, einmal durchbrochen, — und dieser Gefahr ist sie bei gleicher Nahestellung zum Feinde auf allen Punkten fast in demselben Maaße ausgesetzt, — dadurch ihren Haupthalt, der auf ihrem engen und unalterirten Zusammenschluß beruht, verliert. Wird sie auf mehreren Punkten durchbrochen, so hört sie in der Regel damit auf, vertheidigungsfähig zu sein, denn unter allen Umständen ist ihre schwache Seite der Rücken, und sie kann von dort her um so leichter mit Entscheidung angegriffen werden, je mehr offene Passagen (Durchbrüche) der Feind zu diesem Rücken hat. Dieses gilt auch dann, wenn der Umschluß aus selbstständigen Werken formirt ist. Dieselben erliegen bald, wenn sie in Flanke und Rücken genommen, also vollkommen isolirt sind. Daß eine Umfassung, welche nur linearer Form ist, durch einen einzigen Durchbruch bereits in ihrer ganzen

Wirksamkeit und defensiven Bedeutung gefährdet werden kann, versteht sich außerdem an und für sich.

Dazu kommt, daß die Streitkräfte, welche eine ausgedehnte peripherische Vertheidigungslinie besetzt halten sich annähernd in einer ähnlichen üblen Lage, wie die des einschließenden Feindes befinden, indem sie auf einer Kreisfronte von ziemlich derselben Entwickelung wie diese entfaltet, nur den Vortheil der inneren Verbindung, im Gegensatz zur auswärtigen haben, der, wenn auch an und für sich groß, doch unter Umständen noch wenig entscheidend ist.

Dagegen können die befestigten Radien nur in der Richtung von ihren Têten zum Centrum, also nur nach und nach überwältigt werden, weil, wie zuvor das Nähere auseinander gesetzt worden ist, ein Erfassen nahe am Mittelpunkt, bevor die Spitze überwunden worden, unthunlich, und mit außerordentlichen Gefahren für den Angriff verbunden ist. Nachdem die Tête überwältigt worden, ist eben nur diese verloren gegangen, und die auf dem Radius zunächst rückwärts von jener gelegene wird sofort zur neuen Tête, und die sich in einer günstigeren Lage befindet, wie die erstere, weil sie dem Centrum, mithin auch der Hauptmasse der Hülfsmittel und dem Hauptsammelpunkt der Defensivmacht überhaupt näher gestellt ist, mithin auch unter günstigeren Umständen von dort aus unterstützt werden kann. *Auch wird beim weiter vorschreitenden Angriff der befestigte Radius nur verkürzt, und lediglich in Hinsicht auf den Umfang seiner Funktionen, nicht aber in der Natur derselben alterirt.* Diese bedeutende Unterscheidung der radialen von der frontalen Fortification muß insonders beachtet und wohl erwogen werden, wo es auf eine genauere Erörterung des zwischen beiden bestehenden Verhältnisses und ihres relativen Widerstandsvermögens ankommt. Daß, weil man einen befestigten Halbmesser nur im engen Anschluß an ein Hinderniß einrichten wird, auch eine Têten-Ueberwältigung ihre bedeutenden Schwierigkeiten haben, und keineswegs zu den einfachen und schnell auszuführenden Operationen gehören wird, ist an und für sich verständlich.

Ein an einem solchen Hinderniß etablirter Defensiv-Radius stellt eine *doppelte* befestigte Communicationslinie vom Centrum nach außen hin dar; indem eine jede Seite zu einer Verbindungslinie eingerichtet werden kann, die, mit vielen festen Stationspunkten versehen, und in der Ausdehnung der einen ganzen Flanke gedeckt, eine verhältnißmäßig sehr starke sein wird. Hiervon dürfte man eine um so sicherere

Ueberzeugung gewinnen, wenn man in Erwägung zieht, wie die Vertheidigung ihren Befestigungen an der Hindernißlinie leicht eine derartige Einrichtung geben kann, daß sie je einen gedeckten Uebergang sichern, und mithin eine auf dem Halbmesser sich bewegende Streitmacht der Festung auf jedem Stationspunkt die freie Wahl hat, ihren Weg rechts oder links von dem deckenden Element fortzusetzen.

Wir haben in einem vorangegangenen Capitel eines Prinzips gedacht, wonach Befestigungen vom Umkreise aus in der Richtung auf ihr Centrum an Stärke zunehmen sollen. Wenn wir einen derartigen Grundsatz auch nicht in der Anwendung billigen können, die man ihm bei den bezeichneten Gelegenheiten gegeben hat, so müssen wir es doch als einen Vortheil des Radiensystems geltend machen, daß dasselbe an und für sich, und ohne daß die Kunst die Mittel stellenweise dichter häufe, demselben entspricht, indem die Radien nach dem Centrum hin einander näher rücken, und, eben darum, eher in der Lage sind, sich gegenseitig zu unterstützen.

In dem System der befestigten Halbmesser verwirklicht sich endlich, so weit dies eben der Natur der Dinge nach möglich ist, ein Problem, dessen Lösung von den verschiedensten Seiten her vielfach angestrebt worden ist, nämlich das: dem Angreifer einen seiner allerwesentlichsten Vortheile, den der Ueberflügelung, zu entreißen, und ihn der Vertheidigung zu übergeben. Wir hoffen, daß wir in letzterer Beziehung nicht mißverstanden werden. Allerdings sind die Têten der Radien zu umfassen, aber eben nur die Têten, weil eine weiter vorgehende Umfassung sich der Gegenüberflügelung aussetzen würde. Ob die letztere unter taktischen oder strategischen Gesichtspunkt fällt, thut zunächst nichts zur Sache.

XIV.

Lage der oberen und unteren Havel und der Spree als zu befestigende Radien.

Die drei fluvialen Radien, welche von Spandau ausstrahlen: die obere und untere Havel und die Spree, fallen als Naturlinien nicht durchaus regelmäßig, sondern unter verschiedenen Winkeln von der Mitte zum Anfang. Wären sie gerade, und in gleichen Abständen von einander gelegen, so würde eine jede der drei Linien zwischen sich und der benachbarten, nach rechts und links, einen Winkel von 120° abschließen. Indem dagegen die beiden stärksten Halbmesser, die der Havel, annähernd in eine gerade Linie fallen, gestaltet sich das Verhältniß viel günstiger, als es unter jener Voraussetzung sein würde, denn wie viel größer die Wahrscheinlichkeit ist, die dafür besteht, daß der Feind den schwächsten Halbmesser, mithin den der Spree zur Angriffsrichtung nehmen wird, und zwar in jedem der beiden Hauptfälle, er mag von Süden oder von Osten heranziehen, an der Oder oder an der Grenze von Böhmen seine Zwischenbasis sich etablirt haben, um so viel vortheilhafter muß eine Situirung der beiden anderen Radien erscheinen, vermöge deren die Winkel rechts und links des bedrohten Halbmessers sich verengen, mithin die secundirenden in eine größere Nähe sich gestellt finden. Dabei ist es eine nicht genug zu schätzende Naturfügung, daß gerade derjenige Winkel, welcher sich im Süden öffnet, und in den dieser Lage wegen einzudringen, der Angriff von der gefährlichsten Seite her, (als welche wir immer die österreichische ansehen müssen) am meisten Neigung haben mag, der engste ist.

XV.

Vergleichsweise Stärke des entwickelten Befestigungs-Entwurfs.

Wir stehen nicht an zu behaupten, daß eine nach den auseinandergesetzten Grundsätzen angelegte Befestigung von Berlin um vieles stärker sein würde, wie irgend eine andere in den räumlichen Dimensionen ihr nahe kommende Großbefestigung, die heute existirt. Im Besonderen sind wir überzeugt, daß der so arrangirte Platz eine größere Widerstandskraft besitzen würde, wie Paris, wo die Naturverhältnisse namentlich zur Anwendung eines Radiensystems, der weit schwächeren Wasserlinien wegen, sich nicht so günstig bieten, wie in der Umgebung der preußischen Hauptstadt. Indeß ist das Pariser Befestigungswerk von Meistern entworfen worden, von denen etwas zu lernen und zu adoptiren wir auch in dem, in den militairischen Wissenschaften so weit gediehenen Preußen durchaus keinen Anstand nehmen dürfen. Im Allgemeinen halten wir darum doch die Behauptung aufrecht, daß die preußische Ingenieurkunst heute in Europa an der Spitze ihrer Branche steht, von keiner anderen in den wesentlichsten Dingen übertroffen wird, der französischen aber, wenn es nun einmal darauf ankommt, sie mit dieser zu vergleichen, in den meisten Beziehungen entschieden überlegen ist.

Was uns bei den um Paris her aufgeführten Werken am meisten empfehlenswerth erscheint, ist die Manier, in welcher die ausgedehnte und bis heute in dieser Hinsicht von keiner anderen erreichte Enceinte ausgeführt worden ist. Zunächst haben wir zu beachten, daß wir in derselben eine Umfassung einfacher Art vor uns haben, nämlich durch Courtinen verbundene Bastione mit starken Flanken von solidem Bau, und durch einen vorgelegenen, ausreichend breiten Graben gedeckt, aber ohne Außenwerke im engeren Sinne und ohne revetirte Contrescarpe. Die Umfassung würde in einer complicirteren Form unausführbar gewesen sein, und insofern ist die befolgte Methode zu billigen; aber wir sind der Meinung, daß, falls die französischen Ingenieure nicht mit ihrer bekannten Hartnäckigkeit an dem Bastionair-System festgehalten hätten, der Bau noch um vieles billiger würde ausgefallen sein, und dabei eine größere Stärke erhalten hätte. Was das Tracé für die Umfassung einer Capitalbefestigung angeht, so sind es zwei Manieren, die sich unserer Ansicht nach am meisten für dieselbe empfehlen: eine gemischte Polygonalbastionaire, die ihre Flankirung einerseits durch die schwach vorspringenden Flanken ausgedehnter Cavalierbastione, welche zugleich die Courtinen gegen den Ricochett decken, und durch im Graben gelegene Caponnièren erhält, — und eine aus durch Zwischenlinien verbundenen echelonirten Redouten bestehende, welche letztere sich namentlich darum empfiehlt, weil sie, außer einer bedeutenden Widerstandsmacht, zugleich eine Selbstständigkeit der einzelnen Theile gewährt, wie man sie einfacher und zweckmäßiger nicht herstellen kann. Sie macht es außerdem möglich, auf denjenigen Fronten, welche einem Angriff am mindesten ausgesetzt sind, die Ausführung der Zwischenlinien bis zur Zeit des Kriegsausbruchs zu verschieben, was eine nicht unbedeutende Erleichterung ist.

Die erstere Enceinte würde eine crenelirte Mauer mit rückgelegenem Rondengang als Escarpen-Bewehrung erhalten, bei der anderen aber das Mauerwerk auf die Redouten selber, und auf die im Frieden herzustellenden Zwischenlinien beschränkt bleiben, indem man die anderen mittelst Palissaden ausreichend sturmfrei machen kann.

Die Befestigung mit staffelförmig geordneten Redouten und zwischengelegenen Courtinen, bei deren Anlage zugleich auf vielfache und ausreichende breite Debouchéen für den Ausfallkrieg gehörige Rücksicht genommen werden müßte, wäre schon wegen der aus dem Tracé sich ergebenden geringeren Erdarbeiten die billigste Methode, um eine Umfassung herzustellen. Die Selbstständigkeit sodann, welche einem nach hinten offenen Bastion, auch wenn man es mit einem Kehlgraben und einer crenelirten Kehlmauer versieht, doch nie in dem Maaße, wie einer geschlossenen Redoute gegeben werden kann, macht außerdem das in Rede stehende System zu einem verhältnißmäßig sehr starken, und es unterliegt keinen Fragen, daß die Kosten desselben sich nicht auf ein Drittel der bei Paris angewendeten bastionairen Enceinte belaufen würden, bei gleicher Ausdehnung. Dabei ist die Formirung einer Umfassung aus Redouten und Zwischenlinien auch insofern vortheilhafter und zweckmäßiger, als sich dieselbe dem Terrain mehr anzuschmiegen vermag, weil der projektirende Ingenieur die betreffenden geschlossenen Schanzen, je nachdem es die Umstände erheischen, stärker oder schwächer, größer oder kleiner entwerfen, näher an- oder weiter auseinander legen, mehr oder weniger nach vorwärts echeloniren kann.

Noch ein anderes wichtiges Prinzip, welches neben dem der Einfachheit der Umfassung, die allerernsteste Erwägung verdient, hat in der Bestigung von Paris eine gelungene Anwendung gefunden. Es ist der Grundsatz: ausgedehnte Theile der Enceinte in gerader Linie zu entwickeln, und dadurch die ausspringenden Ecken auf eine geringe Zahl zu beschränken. Wir haben dieses Prinzip nicht gelten lassen, als es sich um den äußersten Vertheidigungskreis der Capitalbefestigungen handelte. Wir haben aber hier um so mehr Gewicht auf dasselbe zu legen, als die Umfassung im Gegensatz zu der Sphäre, in welcher die Têten der Radien gelegen sind, einen engeren und, unter dem Einfluß durchaus anderer Verhältnisse stehenden Defensiv-Cirkel bildet. Gehen wir auf die wichtige sich hiermit bietende Frage etwas im Näheren ein. Sie ist nur wenig bis dahin erörtert worden, und namentlich in Preußen scheint man ihr, ganz abgesehen von dem hohen Standpunkt, auf dem sich unser Ingenieurcorps befindet, nicht diejenige Beachtung geschenkt zu haben, die sie verdient.

Es giebt im Allgemeinen drei, zum Theil von den Umständen bedingte Methoden, nach denen man eine Enceinte arrangiren kann.

Die Erste ist die, daß man mit dem Umzuge einer von der Natur gegebenen Linie folgt, oder mit anderen Worten: eine „Position“ auf dem Terrain zur Grundlage nimmt. Der Fall, daß sich eine derartige Positionslinie um den ganzen Platz her vorfindet, und der Kunst nur übrig läßt, sich ihr anzuschließen, ist allerdings selten. Aber es geschieht wohl, daß die Hauptseiten eines zu befestigenden Objekts in höherem oder geringerem Maaße durch die Bodenformation an sich schon gedeckt sind oder vertheidigungsfähig gemacht werden. Die Befestigungskunst hat unter allen Umständen Anlaß, aus dem was ihr in solchen Fällen die Natur bietet, Nutzen zu ziehen. Es gilt in dieser Hinsicht die einfache, aber nichtsdestoweniger zu oft hintenan gesetzte Regel, daß sie nichts Besseres thun kann, als mit ihren Mitteln den Naturformen sich anzuschmiegen, soweit es die Prinzipien der Kunst gestatten. Eine derartige, durch eine Terrain-Verwandlung an Statt einer Construction auf einer tabula rasa gewonnene Enceinte wird keine regelmäßige sein, und nur einer besonderen Gunst des Zufalls wird man es zu danken haben, wenn sie der regelmäßigen Form sich nähert. Sie wird daher auch mehr oder weniger gerade diejenigen Vorzüge nicht besitzen, die auf der Regularität beruhen. Diese Vorzüge bestehen in der Zugrundelegung eines regelmäßigen Vielecks, oder im Allgemeinen einer Kreisperipherie für das Ganze, in der sich daraus ergebenden gleichen Länge aller Fronten und den gleichen Winkeln, unter denen jede einzelne nach rechts und links mit den bezüglichen Nebenfronten zusammenstößt. Es wird dadurch eine gleichmäßige Stärke aller, und im Großen das geschaffen, was man in Bezug auf den ganzen Platz das fortificatorische Gleichgewicht zu nennen pflegt. Die Festung, welche in jeder Frontrichtung dieselbe Stärke besitzt, hat selbstredend keinen schwachen Punkt. Es ist dies sicherlich ein bedeutender Vorzug, aber die Vortheile, die man durch eine überlegsame Benutzung des Terrains für den Befestigungszweck gewinnen kann, überbieten ihn bedeutend. Es bedarf hier keiner weiteren Erörterung, daß die von der Natur gebotenen, für die Defensive nutzbaren Formationen, schon in Bezug auf ihre Abmessungen, von Kunst-Anlagen nicht zu erreichen sind. Gleichwohl ist die Befestigung inmittelst der Verwandlung oder Benutzung der Bodengestaltung die schwierigere; diejenige auf einer tabula rasa die leichtere. Erstere verlangt ein genaues Studium der Naturformen in ihren Verhältnissen zu den Kunstmitteln und ein in den meisten Fällen nur durch die Erfahrung anzubildendes Urtheil. Dagegen wird jene (die Terrain-Befestigung) überwiegend die billigere sein. Denn sie ersetzt, soweit es möglich, durch das von der Natur Gebotene den Aufwand an Arbeitskraft und Mitteln, den anderen Falls die Kunst machen müßte. Wir kommen nach diesen Erörterungen zu dem Schluß, daß die Befestigung durch Terrain-Umwandlung die vorzüglichere ist, und daß sie eben darum allenthalben zur Anwendung gebracht werden muß, wo die Bodengestaltung im defensiven Sinne noch ausreichend stark ist, um dem Umzug (Enceinte) bestimmte Motive zu bieten.

Die zweite Methode ist die der regulairen Construction. Sie ist bei Festlegung der Umfassung der ostwärtigen, preußischen Festungen [aus neuerer Zeit] entweder ganz oder mindestens überwiegend zur Anwendung gekommen. Ihre bedeutendsten und intelligentesten Vertreter waren im Ingenieur-Corps der jetzige Chef desselben, General der Infanterie von Brese-Winiary und General-Lieutenant von Prittwitz. Der frühere Corpschef, General von Aster, war ihr entgegen, wie die von ihm zum Theil herrührenden Befestigungen am Rhein genugsam beweisen. Indeß nähert sich doch dort auch Köln bereits einer ausgezirkelten, regelmäßigen Form. Man hat, um dieses Schwanken im Prinzip zu erklären, den Unterschied geltend gemacht, daß die Befestigungen am Rhein Fortificationen im Bergland, diejenigen in den Ostprovinzen dagegen solche in der Ebene seien, und daß man eben deshalb, betreffs der Conception der Umfangslinie (Enceinte), verschiedene Grundsätze für beide anwenden mußte; und man ist später weiter gegangen bis zur Aufstellung der gewagten Maxime: daß allerwärts, wo das Terrain eine irregulaire Form der Umfassung nicht nothwendig mache, die regulaire vorzuziehen sei, und auch selbst mit einem größeren Kostenaufwand durchgeführt werden müsse. Denn je mehr man einem Arrangement, vermöge dessen alle Fronten des Platzes annähernd und unter Umständen absolut in ein Gleichgewicht zu einander gestellt würden, freien Spielraum lasse, desto mehr entziehe man der Gesammt-Anlage (Festung) den wesentlichen und Hauptfehler auf einzelnen Punkten und ganzen

Seiten dem Angriff Vortheile zu bieten (siehe oben); desto weniger also dürfte der Feind hoffen, an irgend welcher Stelle eine Gunst der Umstände in seinem Sinne anzutreffen, d. h. leichteren Zugang und leichtere Ueberwältigungs-Operationen auf Grund von Ausnahme-Verhältnissen zu finden. Eine Festung von fünfzehn Fronten ist schwach, wenn sich zwei, oder auch nur **eine**, darunter befinden, die von geringem Widerstandsvermögen sind, und es ist die Stärke der anderen, und sind die Mittel, welche man auf sie verwendete, wie groß sie auch immerhin sein mögen, für diesen Fall nichtsdestoweniger durchaus außer Betracht stehend anzusehen. Denn voraussichtlich wird der Feind auf der schwachen Fronte angreifen und den Durchbruch erzwingen, in welchem Falle die dreizehn oder vierzehn starken Fronten in den Rücken genommen sein werden. Dagegen wird ein anderer Platz von derselben Ausdehnung, dessen Fronten sich allesammt auf ein und demselben Stärken-Niveau befinden, jener ersteren Festung an Widerstandskraft, und eben darum an absolutem Werth überlegen sein: falls dieses Niveau sich über demjenigen der schwachen Fronten der letzteren befindet.

Die dritte Methode, eine Umfassung zu arrangiren, beruht auf einem Ideengang, der von dem eben entwickelten, durch welchen die zweite bedingt wird, sehr wesentlich verschieden ist. Wir werden ihn hier im Kurzen zu analysiren versuchen. Vorwiegend kommen in demselben die nicht zu bestreitenden Vortheile, welche die **gerade Linie** als Grundform für das Fronten-Deployement bietet, zur Geltung. Diese Vortheile beziehen sich wesentlich auf die Möglichkeit, die Hauptfacen der in gerader Linie entwickelten Fronten der zerstörenden und, bei der sich ununterbrochen steigernden Tragweite der Geschütze, mehr und mehr zu fürchtenden Wirkung des Enfilade-Feuers (resp. des Ricochettschusses) zu entziehen. Man nimmt dem Feinde den Vortheil, seinem Angriff eine umfassende Form zu geben, vermöge welcher seine Feuerrichtungen, nach dem Platze zu, in convergente Directionen fallen, und man etablirt zwischen Offensive und Defensive im Festungskriege ein Verhältniß der Parallelität, wodurch, im geometrischen Sinne, ein Gleichgewicht hergestellt, ja die letztere (Defensive), vermöge ihrer permanenten Legirung im Terrain in ein Verhältniß der Ueberlegenheit zum Angriff gestellt wird, was Seitens dieses nur durch Aufwendung enormer Mittel und Kräfte zu balanciren sein dürfte. In der That ist, allem Anschein nach, in dieser Art der Fronten-Entwickelung*) das zweckdienlichste Mittel gegeben für die Lösung des gro-

*) Man wolle beachten, daß wir nur von Enceinten reden.

ßen Problems: zwischen der Vertheidigung und dem Angriff in den Belagerungs-Kämpfen das zum Nachtheil der ersteren verloren gegangene Gleichgewicht zu retabliren, indessen hat die Methode immerhin entschiedene Schwächen, und sie ist außerdem, in ihrer Anwendbarkeit, bedeutend beschränkt. Denn, an und für sich, macht die gerade Linie nur Fronte in einer Richtung, und läßt beide Flanken und den Rücken ungedeckt. Als einzige Entwickelungsrichtung fortificatorischer Anlagen ist sie darum nur in den äußerst selten vorkommenden Fällen anzuwenden, wo man, für Rücken und Flanken, nicht zu sorgen hat. Muß man sich nach diesen drei anderen Richtungen hier ebenfalls für die Vertheidigung einrichten, so bedarf man mindestens einer gleichen Anzahl von Entwickelungs-Linien, welche, in Verbindung mit der ersteren, zu einem Viereck führen würden, und zugleich vier schwache Punkte bedingen dürften, nemlich da, wo die gedachten Entwickelungs-Linien zusammenstoßen. Auf diesen Eckpunkten wären die sonstigen, vortrefflichen Consequenzen des Systems in einem bedenklichen Maaße aufgehoben. Man würde daselbst, wenn nicht besondere Umstände es hindern, dem Enfilade- und Ricochett-Schuß in einem hohen Maaße ausgesetzt sein. Die Feuerrichtungen des Feindes werden in einer zerstörenden Weise concentrisch gegen uns fallen, und unser eigenes Feuer excentrisch gegen den Angreifer; letzterer aber vermöchte, immer unter der Voraussetzung, daß nicht unberechnenbare Verhältnisse dazwischen treffen, die umfassende Form zur wirksamen und entscheidenden Anwendung zu bringen. Aus allen diesen Umständen ergiebt sich sofort, daß die in Rede stehende Methode auf kleine und mittlere Festungen sich als unanwendbar erweist. Vier schwache Punkte würden die Widerstandskraft der Ersteren durchaus illusorisch machen, bei den Letzteren aber immer doch noch eine außerordentliche Schwäche bedingen. Außerdem würde bei kleinen Plätzen von bis zu acht Fronten, dadurch, daß man je zwei geradlinig neben einander ordnete, und die nächsten zwei rechts und links, unter einem Winkel von 90°, zu den ersteren stellte, auch thatsächlich durchaus kein Vortheil erreicht; indem einer jeden Fronte in naher Entfernung deßungeachtet mit dem Enfilade- und Ricochettschuß beizukommmen wäre. Aber auch bei mittleren und selbst großen Plätzen, bis zu 16 Fronten und mehr, würde ein Gewinn in dieser Beziehung noch nicht recht ersichtlich sein; denn die Enfilade-Batterien von beiden Flügeln her würden vier oder selbst fünf in gerader Linie entwickelte Fronten immerhin noch ausreichend beherrschen. Daraus vermag man ganz sicher den Schluß zu ziehen, daß die betreffende Methode sich nur zur Anwendung bei den allergrößten Plätzen, oder für die Capital-Befestigung, eignet. Vier, fünf, selbst sechs schwache Punkte sind, bei einer Umfassung, die aus funfzig und hundert Fronten besteht, an und für sich gering zu achten und von keinem Belang; und die etwa daraus entspringenden Nachtheile werden durch die außerordentlichen öconomischen Vortheile aufgehoben, die man durch ein derartiges System, im Vergleich mit einem ganz oder annähernd im Gleichgewicht stehenden, in diesem besonderen Falle gewinnen wird. Denn indem man die Enceinte von funfzig bis hundert Fronten in vier bis sechs geraden Linien entwickelt, macht man den Haupttheil der Umfassung, in gewisser Hinsicht, unangreifbar, weil der Feind nicht da attakiren wird, wo er die Defensive nicht überflügeln kann, mithin den entscheidendsten aller Vortheile, die sich im Belagerungskriege auf seiner Seite zu befinden pflegen, aufgeben muß. Eben darum aber wird man die Hauptmasse der in gerader Linie enthaltenen Fronten, weil sie durch ihre Nebeneinanderstellung schon ausreichend gedeckt werden, nur in allereinfachster Manier auszuführen haben, und, auf Grund dessen, eine Verminderung der Baukosten erzielen können, die, bei den ungeheuren Ausgaben, welche im Allgemeinen eine Capital-Befestigung erheischt, von der allergrößten Bedeutung sein wird. Denn man hat nur für diejenigen Fronten eine besondere Sorge zu nehmen, die den vier bis sechs schwachen Punkten an- oder nahe gelegen sind. Das Terrain aber wird, der Hauptsache nach, darüber entscheiden: bis zu welchem Grade diese Punkte schwach sind. Wir denken (und sind davon überzeugt), daß auch in der Ebene, sofern ihre Bodenformation nur irgend welche Motive für die Fortification bietet, sich immerhin Positionen (das Wort hier in seiner allgemeinsten Bedeutung aufgefaßt) finden werden, in die man die Bruchpunkte, also die Schwächen der Umfassung, hinein verlegen kann, um sie zu sichern, und das Gleichgewicht, welches eine Hauptbedingung für eine jede Enceinte ist, und dessen Bedeutung wir durchaus nicht verkennen, zu bewahren. Nicht zu vergessen ist dabei, daß die Wahrscheinlichkeit, dergleichen ausreichend starke Positionen zu finden, auf einer auf funfzig bis hundert Fronten bestehenden Umfangslinie eine um vieles größere als bei einem Platze von normalen Dimensionen ist, und daß dieselbe als ein nicht gering anzuschlagender Factor in den Gesammt-Calcül der Großbefestigung mit aufgenommen werden muß. Wäre aber in einem besonderen, ausnahmsweisen Falle dem nicht so, d. h. fänden sich wegen der einförmigen und von Widerstandsmitteln entblößten Gestaltung des Terrains, in welchem die Capital-Festung ihre Frontlinie zu entwickeln hat, keine Positionen vor, die ausreichend stark wären, um die Schwäche der Eckpunkte auszugleichen, so würde es nicht schwer sein, durch eine vermehrte Anwendung von Befestigungsmitteln, namentlich von vorgelegenen und detaschirten Werken, auf den betreffenden Stellen eine annähernde und vielleicht vollkommene Ausgleichung des Widerstandsvermögens zu erzielen, und dabei dennoch in finanzieller Hinsicht, noch einen enormen Ersparnißgewinn, im Vergleich mit einer anderen Methode, zu ermöglichen. Wir machen dabei darauf aufmerksam, eine wie bedeutende Steigerung der Defensivkraft für schwache Punkte, außer den angedeuteten Arrangements man auch durch einen unmittelbaren stärkeren Ausbau der in die Richtung schlagenden Fronten, durch Selbstständigmachen der einzelnen Theile derselben, durch starke Reduits in den Bastionen oder Redouten und einen, auf feste Kernwerke gestützten, den ausspringenden Winkel von rückwärts in Fronte nehmenden Abschnitt erreichen kann.

Die Vertreter der Methode der Cirkular-Construktion werden hiergegen einwenden, daß bei Festungen im allergrößten Maaßstabe, also von funfzig bis hundert Fronten, aus dem Anwachsen des Stoßwinkels dieser letzteren untereinander, sich annähernd ein Verhältniß für den von ihnen zu leistenden frontalen Widerstand ergeben werde, welches dem einer Entwickelung in gerader Linie gleich zu setzen sei, und dabei den außerordentlichen Vortheil gewähre, keine schwachen Punkte zuzulassen. Dieser Ansicht sind wir entschieden nicht, und wir erachten sie für um so gewagter, da die Tragweite der Geschütze, in unseren Tagen, eine Erweiterung erfahren hat, welches, zu Gunsten des Angriffs mit Enfilade-Batterien, auch da noch entscheidende Vortheile ergeben muß, wo diese, in früherer Zeit, nicht vorhanden gewesen sein würden. Außerdem bitten wir die Gegner des geradlinigen Systems in Erwägung ziehen zu wollen: daß es ein enormer Vortheil ist, in einer befestigten Stellung von größter Ausdehnung im Voraus zu wissen, auf welche Punkte der Angriff sich vorzugsweise richten wird. Die Sorgen der Ueberwachung, der Bereitschaft, und des allgemeinen taktischen Vertheidigungs-Arrangements werden dadurch bedeutend vermindert, indem sie sich vorwiegend in den schwachen Punkten zu concentriren haben, und man entgeht damit, bis zu einer gewissen Grenze, jener Zersplitterung der Aufmerksamkeit und Thätigkeit, die in einer Riesenfestung unvermeidlich wäre, deren jede Fronte (unter funfzigen bis hundert) eine gleiche Stärke, mithin aber auch eine gleiche Wahrscheinlichkeit hat, angegriffen zu werden. Wir fürchten nicht, daß unsere Worte hier mißverstanden, und ihnen der nicht hineingelegte Sinn untergeschoben werden könne, als wären wir der Ansicht, in gerader Linie entwickelte Fronten seien überhaupt einem Angriff nicht exponirt, und man könne auch die anderen Falles nothwendigsten Sicherungsmaaßregeln für sie entbehren. Endlich wird man bei einer Capitalfestung, die einige schwache Punkte hat, im Gegensatz zu einer anderen, deren Fronten vermöge ihrer Regelmäßigkeit unter einander im Gleichgewicht stehen, den förmlichen Scheinangriff vom ernstlich gemeinten förmlichern, aus nahe liegenden Gründen, viel leichter unterscheiden können.

Wir glauben mit dem oben gesagten vornehmlich zweierlei bewiesen zu haben: daß ein Befestigungs-Projekt für Berlin die Anwendung der seitherigen Fortificationsmittel, wie sie in Preußen für die ostwärtigen Festungen gebraucht wurden, nur im äußerst beschränkten Maaße gestattet, und daß anderer Seits die Anwendung der linearen Frontentwickelungs-Methode, im Gegensatz zur Cirkularen, diese Beschränkung sehr erleichtern würde. Der Bemerkung bedarf es letztlich nicht, daß die Schwierigkeiten einer regulairen Construction mit dem Umfange des zu befestigenden Objekts steigen, und daß auch hierin ein Grund zu suchen ist, warum die Zugrundelegung einer Kreisperipherie für Capitalbefestigungen nicht taugt.

XVI.

Nähere Erörterung der Elemente, aus denen eine Befestigung von Berlin nach den gemachten Vorschlägen sich zusammensetzen würde.

Eine Befestigung Berlins würde demnach, von Innen nach Außen gehend, aus den nachstehenden Hauptgliedern sich formiren. Zunächst würde die Stadt selber von einer Enceinte umfaßt werden, die sich unserer bereits ausgesprochenen Meinung nach am vortheilhaftesten an die obere und untere Havel, Spandau als Mitte genommen, anschließen und den dritten ausspringenden Hauptwinkel an der Spree haben würde. Am zweckmäßigsten dürfte es sein, sie aus echelonirten Redouten mit Zwischenlinien und breiten und wohl gesicherten Ausfall-Debouchéen für eine Vertheidigung mit offensiven Rückschlägen zu formiren; aber auch ein gemischtes Caponnière-Bastionair-System wäre anwendbar, und man dürfte wenig Mühe haben, der Umfassung eine derartige Entwickelung zu geben, daß lange Frontreihen in eine gerade Linie fielen. Vor der Enceinte würden wir eine einfache, oder besser doppelte und stellenweise selbst dreifache, schachbrett-förmig geordnete Kette detachirter Forts haben, für welche um so mehr Grund vorhanden sein würde, in ein Parallelitäts-Verhältniß zu der rückgelegenen Umfassung zu treten, [mithin die Prinzipien, welche deren Entwickelung unterlagen, zu adoptiren,] als sie von ihr nicht unabhängig gestellt, sondern mehr oder weniger auf deren direkte und indirekte Unterstützung angewiesen ist. Wir denken uns diese Forts im vortheilhaften Unterschiede von den Parisern, die einfache bastionirte Vier- oder Fünfecke sind, aus verschiedenen selbstständigen Einzelwerken zusammengesetzt, und zwar scheint uns auch für diesen Zweck ein durch Zwischenlinien verbundener Redouten-Complex als die bei weitem entsprechendste Form; indem man diese Redouten leicht derartig arrangiren kann, daß sie sich unter einander auf das wirksamste flankiren. Dieselben erleichtern außerdem, weil eine jede gegen die übrigen abgeschlossen ist, im hohen Maaße die für die Sicherung gegen eine Ueberraschung oder einen gewaltsamen Angriff zu treffenden Anordnungen, und gestatten, dem betreffenden Complex (Fort) eine verhältnißmäßig geringere Besatzung zu geben, indem es nur darauf ankommt, die Redouten selber, d. h. die Vertheidigungs-Knotenpunkte, fest in der Hand zu halten. Endlich sind derartige Forts eines successiven Widerstands fähig, und der Angriff wird ihrer nicht eher Meister sein, als bis er den letzten selbstständigen Theil (die letzte Redoute) genommen. Was das sagen will, wird ein wenn auch nur flüchtiger Blick auf die Art und Weise, wie der Kampf um die Linie der Forts in Zukunft nothwendig geführt werden muß, lehren. Sicherlich ist derselbe nicht mit dem Maaßstabe, wie ihn die seitherigen Belagerungen boten, zu bemessen, und kaum das langdauernde und verzweifelte Ringen vor Sebastopol mag dafür eine annäherend zutreffende Vorstellung geben; indem dort die Vertheidigung sich fast ausschließlich auf den Widerstand inmittelst einer einzigen Umfassung beschränkte, und die Wirkung detaschirter Werke, sowie die Benutzung der zwischen ihnen offen bleibenden Räume mehr zurücktraten. Diese Intervallen aber sind das eigentliche Feld, auf dem bei Belagerung moderner Festungen Offensive und Defensive, behufs des Entscheidungskampfes, wider einander stoßen werden. Die Forts selber dagegen sind die Anlehnungen für den Vertheidiger, und die gesicherten Positionen, von denen aus er die Balance gegenüber der anderen Falles mit überwältigender Kraft auftretenden Uebermacht der Offensive, aufrecht erhält. Es wird aber in einer derartigen Lage die Defensive nicht minder innerhalb der fraglichen Räume von den Mitteln zur Deckung ihrer Streitkräfte und Widerstands-Ressourcen Gebrauch machen, wie der Angriff. Man wird Gegen-Parallelen und Gegen-Approchen im allergrößten Maaßstabe anwenden, zumal vor Capital-Festungen. Wenn man bisher darauf verzichtete, so hat dies seinen Grund in dem Umstande, daß ein moderner Platz, im Grunde genommen, noch nicht angegriffen worden ist, und außerdem die betreffende Form des Widerstandes den Kräften der früheren kleinen und mittelgroßen Festungen wenig entsprechend war. Daß eine geradlinige Entwickelung der Forts, vermöge deren eine bedeutende Anzahl derselben in ein und dasselbe Allignement fallen wird, gerade für diese Defensiv-Methode mit Contre-Parallelen und Gegen-Laufgräben von einem außerordentlichen Vortheil sein wird, ist an und für sich einleuchtend. Es beruht dies auf der schlagenden Grundwahrheit: daß eine Basis um so schwerer anzugreifen ist, je mehr sie von der convexen Form derjenigen einer gestreckten sich nähert.

Wie bereits bemerkt, hat die Kriegsgeschichte für die Durchführbarkeit einer Vertheidigung in der angedeuteten Manier, vermöge wel-

hat. Ohne zu wissen, was in den letzten Jahren in dieser Beziehung geschehen ist, haben wir nur zu viel Anhaltspunkte für die Vermuthung, daß sich im Allgemeinen nicht viel darin änderte. Die Mittel der preußischen Festungs-Artillerie stehen muthmaßlich noch jetzt in keinem ausreichenden oder befriedigenden Verhältniß zu den Festungen selber. Man hat enorme Werke mit ungeheuern Kosten hergestellt, in Betreff deren man in Zweifel sein kann, ob die Kraft und Zähigkeit ein und derselben Garnison ausreichend sein wird, sie bis zum letzten vorhandenen Abschnitt defensiv auszunutzen; und dennoch hat man die wesentlichsten Mittel, deren dieser Widerstand bedarf, um sich in seiner ganzen Stärke geltend zu machen, nämlich die artilleristischen, so knapp bemessen, daß man nicht zweifeln kann: auch wenn menschliche Ausdauer bei dem hartnäckigen Kampfe aushielte, würde sie letztlich doch der entscheidenden Waffe des Geschützes entbehren müssen, weil dieses in den Vor-Actionen bereits aufgebraucht worden wäre. Ein derartiger Verlauf der Dinge aber würde im alleräußersten Maaße zu beklagen sein. Man würde dadurch Verluste erleiden, die man mittelst eines verhältnißmäßig nur geringen, und wenig in Betracht kommenden Kosten-Aufwandes hätte vermeiden können. Wenn im Feldkrieg der organisatorische und taktische Fortschritt darauf hingewendet ist, die Zahl der von den Armeen mit zu führenden Geschütze zu vermindern, und damit den ungeheuern Train zu verkleinern, und die Handhabung des Heeres-Ganzen zu erleichtern, weil heute viele Umstände sich vereinigen, die es möglich machen mit einer numerisch schwachen Artillerie auszureichen, so darf man nicht vergessen, daß im Festungskriege sich eine entschieden entgegengesetzte Tendenz geltend macht, und, den Umständen gemäß, sich geltend machen muß; und daß die letzte Belagerung (die von Sebastopol) mit einem Aufwande von artilleristischen Mitteln geführt worden ist, wie keine jemals zuvor. Es ist dieser Gang der Dinge, wie bereits bemerkt, in der Natur der Sache begründet, und voraussichtlich wird er in der eingeschlagenen Richtung verbleiben. Denn im Festungskriege bestehen die Motive nicht, welche im Feldkriege auf eine Verminderung der Geschützzahl hindrängen, weil die Defensions-Artillerie der Bespannung nur in Ausnahmefällen und auch alsdann nur im äußerst beschränkten Maaße bedarf; weil es sich bei Vertheidigung der festen Plätze nicht um Bewegungen handelt, in die das Vorhandensein einer zahlreichen Artillerie als ein Hinderniß eingreifen könnte; weil man seine Depots für die Munition ständig etablirt, und nicht nöthig hat, sie mit sich fort zu bewegen; und vornehmlich: weil das kleine Gewehr, seiner neuerdings außerordentlich vermehrten Tragweite ungeachtet, dennoch in diesem Kriege, der ein Kampf hinter Deckungen ist, die nur vom Geschütz zu alteriren sind, nothwendig in entscheidender Weise zurücktreten muß. Festungen unzureichend mit Geschütz ausrüsten heißt darum wesentlich so viel, als ihnen die Mittel nehmen, die einzige Waffe unbeschränkt und mit Nachdruck handhaben zu können, welche in den Belagerungskämpfen eine volle Geltung hat. Indem wir dieses hier aussprechen verkennen wir durchaus nicht das, was das kleine Gewehr, auch im Festungskriege, zu leisten vermag. Es wird von einer entscheidenden Wirkung sein bei allen Gewalt-Actionen, die den einen oder den anderen Theil, oder beide, außer den Bereich der schützenden Deckungen führen; aber immer doch ist es das Geschütz, welches, bei einer förmlichen Belagerung die Hauptarbeit verrichtet, und man wird seine Zahl um so weniger in beschränkten Grenzen halten dürfen, weil kein Grund vorhanden ist, der es, wenn man von dem geringfügigen Kostenpunkt Abstand nimmt, wünschenswerth, und kein anderer, der es zulässig machte.

Wenn man bei dem baulichen Arrangement der neueren preußischen Festungen allenthalben von dem Grundsatze ausging, daß die Artillerie die Hauptrolle bei der Vertheidigung, das kleine Gewehr dagegen nur die Nebenrolle zu spielen habe, so ist das in jeder Beziehung außerordentlich anerkennenswerth. Nicht allerwärts hat man einen derartigen raisonnablen Grundsatz adoptirt, wofür unter anderen manche Anlagen in Oesterreich, und im Besonderen die Enceinte von Verona ein laut redendes Zeugniß ablegen. Wenn man, wie es dort geschehen, die gedeckte Grabenvertheidigung allein auf Gewehrfeuer basirt, so vermag man zwar den gewaltsamen, nicht aber den formellen Uebergang (über den Graben) zu verhindern, und es mag in Zweifel gestellt werden, ob die Contre-Batterie etwas Anderes zu thun haben wird, als die Vertheidigungs-Geschütze von den offenen Bastionsflanken zu vertreiben.

Von der mit dem eben erörterten Punkte in einer nahen Beziehung stehenden Frage: ob es für rathsam zu erachten sei, in Rücksicht darauf, daß die Artillerie bei der Festungsvertheidigung Hauptwaffe ist, auch die Fronten dem entsprechend zu bemessen, und bei Neubauten, im Besonderen aber bei einer Capitalbefestigung, deren Länge auf den wirksamen Kanonenschuß zu basiren, sehen wir hier noch ab.

Wie groß auch einerseits die damit gewonnenen Vortheile sein würden, sind dennoch, andererseits, die sich dawider erhebenden Bedenken immerhin bedeutend genug. Sie werden namentlich aber da gerechtfertigt sein, wo man, wie in Preußen, das Defensions-Geschützwesen auf einem beschränkten Etat erhält. Die betreffenden Bedenken gründen sich darauf, daß, wenn man die Frontlängen nach der Tragweite des wirksamen Kanonenschusses bemißt, man auch die Flankenvertheidigung gegen den gewaltsamen Angriff allein auf das Geschütz basiren muß, was durchaus veränderte und keineswegs günstige Armirungs-Verhältnisse für diesen Fall ergeben würde. Eine andere Frage ist es: ob man bei Bestimmung des Fronten-Developpements neu zu erbauender Festungen nicht auf die um das doppelte vermehrte Tragweite des kleinen Gewehrs Rücksicht zu nehmen hat. Vordem nahm man dieselbe zu 375 Schritt an. Man hat, dem entsprechend, nicht nur die älteren bastionirten Enceinten, sondern auch die neueren polygonalen construirt, welche letztere damit eine Frontausdehnung von 750 Schritt erhielten. Heute, wo man mit den gezogenen Gewehren einen sichern und kaum fehlenden Schuß auf mindestens 600 Schritt hat, stehen einer Fronterweiterung im besagten polygonalen System bis wenigstens auf 1200 Schritt durchaus keine Bedenken entgegen, zumal es gewiß ist, daß das moderne Klein-Gewehr auf 600 Schritt die doppelte Percussionskraft des früheren auf 300 besitzt.

Die Ausdehnung der Einzelfront im Polygonal-System bis auf 1200 Schritt, würde den bedeutenden Vortheil haben, mit wenig mehr als der Hälfte der vordem dazu nothwendigen Fronten, ein zu befestigendes Objekt umfassen zu können.

Was ein System staffelförmig gestellter, durch Zwischenlinien verbundener Redouten angeht, so muß vor Allem erwähnt werden, daß es, in gewissem Sinne, die vorher aufgeworfene Frage, ob man die moderne Fronte nach der Tragweite des wirksamsten Kanonenschusses bemessen dürfe, oder in dieser Beziehung nach wie vor an den Gewehrschuß gebunden sei, in einer befriedigenden Weise löset. Man kann nämlich die echelonirten Werke derartig nebeneinander placiren, daß jedes einzelne die beiden ihm zunächst gelegenen, in der Front oder im Rücken, in der allerwirksamsten Weise mit dem Klein-Gewehr bestreichen kann, und andererseits die Gesammtfront, die sich aus fünf bis sieben Redouten zusammensetzen mag, so weit ausdehnen, um ihrer Entwickelungslinie entlang, zwar nicht auf der Grabensohle, aber immer doch im Bereich des Glacis, die Tragweite des flankirenden

Kanonenschusses noch ausreichend ausbeuten zu können. Und eben hierin liegt ein wichtiges Prinzip ausgesprochen, das nicht unbeachtet bleiben sollte, weil seine Anwendung eine außerordentliche Verstärkung der Vertheidigungsfähigkeit der Fronten bedingen würde.

Im fortificatorischen Sinne nannten wir Front bisher denjenigen, den übrigen annäherend oder ganz gleich gemessenen Einzeltheil einer Umfassung, welcher zwischen zwei Bruchpunkten derselben gelegen ist, und dessen Linien derartig disponirt sind, daß dieselben sich gegenseitig bestreichen und dadurch die allgemeinen Schwächen aller Befestigungen, den todten Winkel und unbestrichenen Raum so weit wie möglich beseitigen. Die Nebenfronten wirken auf diesen mit ihnen unmittelbar, d. h. als Theil ein und derselben Enceinte verbundenen Frontal-Complex sich flankirender Linien mehr oder weniger ein, je nachdem der Bruchwinkel ein mehr oder weniger stumpfer, größerer oder kleinerer ist, woraus erhellt, daß da, wo eine ganze Frontenreihe in gerader Linie sich entwickelt findet, die nebenwärtige Unterstützung am meisten von den Umständen begünstigt sein wird. Indeß ist ungeachtet dessen eine jede Fronte sich selber Zweck, und sie wird vorzugsweise auf die Selbstvertheidigung, als auf ihre Hauptbestimmung einzurichten sein. Wenn daher ihre Werke sich in der günstigen Lage befinden, zugleich diejenigen der Nachbarfronten zu bestreichen, so geschieht es mehr — wir bitten, uns hierbei nicht mißverstehen zu wollen! — weil es sich so macht, als weil man es in erster Instanz bezweckte. Mit anderen Worten: die Collateral-Wirkung ist, wie wichtig sie auch immerhin sein mag, vergleichsweise nur eine secundaire. Man wolle sich den Fall denken, daß bei der Belagerung eines großen Platzes vier neben einander gelegene Fronten von je fünfhundert Schritt Länge zugleich angegriffen würden. Allerdings würden die Feuer derselben in einander greifen, und zwar um so mehr, wenn ihr Developpement sich der geraden Linie nähern würde. Aber die rechte Flügelfronte würde mit der linken, ja vielleicht schon mit der dritten (wenn man sie selber mit I. bezeichnet) keine wesentlichen Unterstützungen austauschen, und es könnte unter besonderen Umständen geschehen, daß ihre auf weitere Distanz noch zusammenfallende Gesammtwirkung sich mehr und mehr zersplitterte, je näher der Angriff heranrückte. Man denke sich dagegen die besagten vier Fronten inmittelst der Anwendung des Systems der echelonirten Redouten, von dem General von Brese-Winiary eine der gelungensten und zugleich geistreichsten Partial-Anwendungen beim Bau einer unserer großen, ostwärtigen Festungen machte, als Eine construirt, und die Sachlage ändert sich sofort. Alle Werke der großen einen Fronte sind auf das unmittelbarste Zusammengreifen berechnet.

Eine aus Redouten formirte Großfront beruht, im Prinzip, auf der Adoptirung von Zwischen- und Hauptfronten für die beiden gesonderten Zwecke der Grabenbestreichung und der Gesammt-Flankirung, denen wiederum die beiden Mittel des kleinen Gewehrs und des Geschützes entsprechen, ohne daß darum das letztere von den Zwischen-, und das erstere von den Hauptflanken ausgeschlossen ist: daß wir eine Echelonirung der Redouten aus der Mitte dabei voraussetzen, ein vielfaches Brechen der Feuerlinie, ohne damit die Facen selbst zu knicken, und eine ausgedehnte Anwendung der Cavaliere oder Bonnets mit Flanken, ist an und für sich verständlich. Die Frage über Groß- und Kleinfronten ist aber, unter gewissem Gesichtspunkt, kaum etwas Anderes als eine Wiederholung der in einem vorangegangenen Capitel erörterten über das regulaire Enceintensystem und die Entwickelung längerer Frontenreihen in gerader Linie. Der Haupteinwand, den man den combinirten Fronten entgegen zu stellen hat, läuft auf den Vorwurf hinaus, den man einer geradlinigen Entfaltung machte. Der Winkel werden allerdings weniger, aber sie fallen spitzer aus, und bezeichnen daher größere Schwächen als im anderen Falle. Dagegen ist der Vortheil eclatant und unbestreitbar, daß der Feind, unter allen Umständen, mit einer ganzen Großfront, abgesehen von ihren Nebenfronten, anbinden muß, d. h. mit einem Theil der Enceinte, welcher der Ausdehnung von drei oder vier seitherigen Fronten entspricht. Eine Belagerung wider eine mit Großfronten umschlossene Festung wird daher, so zu sagen, nie im beschränkten Maaßstabe, und mit reducirten Mitteln, geführt werden können. Im Gegentheil: sie fordert eine große gesammelte Kraft, denn eine geringe wird von allem Anfang an von ihr Abstand nehmen müssen. Dabei verkennen wir durchaus nicht, daß combinirte Fronten sich entschieden mehr für weit ausgedehnte Capital-Befestigungen wie für andere, minder große, eignen; und wir lassen in dieser Beziehung Alles gelten, was wir bei Gelegenheit der Besprechung der „linearen Methode" den Vertretern der entgegenstehenden Ansicht einräumten. Die Schwäche des Stoßwinkels der großen Fronten ist nicht wegzuläugnen, und nur da, wo man dieselben annähernd in gerader Linie neben einander entwickeln kann, hebt sie sich auf.

Was die Befestigung von Berlin betrifft, so haben wir uns bereits zu mehreren Malen in dieser Schrift für eine Anwendung des Redouten-Tracés ausgesprochen, und diese Meinung mit Gründen unterstützt, die, mit den letzt entwickelten verbunden, nicht ermangeln dürften, es ausreichend zu empfehlen. In weitere Details darüber hier einzugehen, würde weder dem Zweck unserer Erörterungen entsprechen, noch wären wir es im Stande, ohne den Charakter derselben völlig aufzugeben, der kein speziell technischer ist.

XVIII.

Das befestigte Berlin als Depot-Haupt-Punkt.

Ein besonderer Mangel, unter welchem Preußens Vertheidigungsfähigkeit leidet, und dem man in nächster Zukunft wird abhelfen müssen, beruht auf der Nicht-Existenz eines Artilleriecentral-Depots von bedeutendem Umfang, wie Frankreich ein solches in Vincennes besitzt, England in Woolwich, Rußland deren mehrere auf seinen weit ausgedehnten Grenzen anlegte und selbst Staaten zweiten Ranges in Europa sich gegründet haben. Man hat vielfach behauptet: Preußen sei bis dahin nicht reich genug gewesen für eine derartige Beschaffung, und wir wollen diese Ansicht, wieviel auch immerhin sich gegen sie einwenden ließe, gelten lassen. Auf unsere heutige Finanzlage indeß, die staatliche wie die allgemeine nationale, kann sie entschieden keine Anwendung mehr finden. Daß wir ein derartiges Depot bedürfen, ist über jeden Zweifel hinaus gewiß, und daß wir die Mittel haben es herzustellen, nicht minder. Die Frage, um welche es sich gegenwärtig betreffs desselben handelt, kann nur die sein, wo dasselbe seine Stelle finden soll; und sie ist nicht schwer zu entscheiden. Denn kein anderer Punkt innerhalb des ganzen Umfanges der Monarchie ist für den betreffenden Zweck besser gelegen, wie Berlin selbst. Auch kann Preußen mit einem einzigen sich begnügen, und zwar um so mehr, als alle Annahmen, denen zu Folge die rheinischen Provinzen, als vom Hauptkörper des Staates abgetrennte, ihre eigenen centralen Etablissements besitzen müssen, unter den heute sehr veränderten Umständen, durchaus nicht mehr stichhaltig sind. Allerdings besitzen dieselben, bis daher, noch keine innere Schifffahrts-Verbindungen mit der Hauptstadt; aber die Eisenbahnen sichern heute den artilleristischen Transport, unter, namentlich in Bezug auf die Zeit, weit vortheilhafteren Bedingungen, wie vordem die Flüsse und Canäle, welches Gewicht man immerhin auch noch in unseren Tagen auf die Benutzung der letzteren für den betreffenden Zweck wird legen müssen. In der letzteren Beziehung ist es darum nicht unwichtig, daß Berlin die Mitte des inneren preußischen Schifffahrtssystems, so zu sagen das Centrum seiner Flüsse und Canäle ist, und daß seine Kähne bis Memel und Naumburg, Oppeln und Hamburg gelangen können. Man darf, um deswillen, es zum Gegenstand einer ernsten Erörterung machen: ob Berlin nicht auch Emplacements-Punkt für das Haupt-Artillerie-Depot der dereinstigen preußischen Seemacht werden könne. Gewiß wäre es vortheilhaft, wenn in solcher Weise das Geschützmaterial für den Land- und Seekrieg sich in ein und demselben Centrum vereinigt fände. Die Waffe, im Allgemeinen, würde dadurch gewinnen, und es wären auch nicht geringe finanzielle Vortheile damit zu erzielen. Auch hätte es eine nicht abzuleugnende Bedeutung, wenn die Hauptmasse des Armirungs-Materials für die Flotte sich in der Mitte, zwischen den beiden in Betracht kommenden Meeresfronten, der nordseeischen und baltischen, aufgestapelt befände. Denn wir müssen in Preußen durchaus von dem Gedanken absehen, in Hinsicht auf das Emplacement der Ausrüstungs- und Armirungs-Objekte unserer Kriegsfahrzeuge jemals das englische System annehmen zu können, welches darin besteht, daß ein jedes Schiff das ihm Zugehörige in einem, ihm ein und für alle Mal zugewiesenen Hafen und ihm besonders daselbst bestimmten Speichern aufbewahrt. Im Gegentheil machen Verhältnisse, die von denen Frankreichs nicht sehr verschieden sind, (indem Ostsee und Nordsee in ähnlicher Weise geschieden sind, wie Mittelmeer und Atlantis, und wir in Betreff der Verbindung durch Sund und Belt dieselben Gefahren und Chancen laufen, wie unsere große Nachbar-Marine in Betreff der Communication durch die Straße von Gibraltar) es uns zur dringenden Nothwendigkeit, die französische Methode auch unserem Arrangement zu Grunde zu legen. Es sind darnach die Mittel für die Ausrüstung und Bewaffnung derartig vertheilt, daß aus dem Verhältniß der seewärtigen Verbindungsverhältnisse der getrennten maritimen Basen keine Verlegenheit in Bezug auf die schnelle Inbereitschaftsetzung der Flotte erwachsen kann. Wenn nun hieraus die Folgerung zu ziehen ist, daß wir unsere Anordnungen dermaßen zu treffen haben, daß, je nach Umständen die in dem baltischen Meere oder in der Nordsee versammelten Fahrzeuge sofort, und da wo sie sich zur Zeit befinden, in Ausrüstung treten können, so ist einleuchtend wie nur die Etablirung eines großen centralen Armirungs-Depots uns der immerhin Bedenken erweckenden Nothwendigkeit, deren zwei auf den gesonderten Küsten zu errichten, entheben kann. Es kommen dabei außerdem noch Nebenrücksichten in Betracht, denen ein gewisses Gewicht nicht abzusprechen ist. Zunächst die, daß ein in Berlin etablirtes Artillerie-Depot für die Flotte, namentlich unter der Voraussetzung der Befestigung der Hauptstadt, dort ungleich sicherer situirt sein würde, wie an dem Strande der Ostsee oder Nordsee. Es würde aber zugleich in jener Lokalität den Vortheil einer doppelten Verwendbarkeit für gewisse Fälle gewähren, worauf einem Staate viel ankommen muß, der, an Mitteln beschränkt, bisher seine Hauptstütze in dem umsichtigen und vortheilhaftesten Gebrauch derselben suchen mußte. Marine- und Festungs-Artillerie sind nicht so weit von einander verschieden, daß nicht die erstere im Allgemeinen die letztere ersetzen und ergänzen, und letztere der ersteren auch dann und wann einen Aushelf bieten könnte. Wir glauben daher, daß, wenn Berlin befestigt, und zu einem Artillerie-Depot für Land- und Seemacht erhoben würde, die Mittel der letzteren der Armirung der Werke nicht wenig zu Statten kommen würden und daß, eben darum, mindestens vorerst für die Beschaffung eines theueren Bewaffnungsmaterials, ungeachtet der gesteigerten Bedeutung desselben im modernen Festungskriege geringere Ausgaben erforderlich sein würden, als man sonst, von jenem Umstande abgesehen, zu machen hätte.

XIX.

Recapitulation der militairisch-politischen Bedeutung der Befestigung von Berlin.

Wir fassen hier noch einmal die politisch-militairischen Vortheile zusammen, die sich aus einer Befestigung von Berlin, wie sie in dem Vorhergehenden ihren Haupt-Zügen nach entwickelt worden ist, für den Staat, seine Machtstellung, und seine Sicherheit ergeben würden.

Zunächst, und vor allen Dingen, wäre damit der Mittelraum der Monarchie, der sich in einer so blosgegebenen Lage befindet und die Hauptstadt, ihr Kern und das wichtige Centrum des Staats, der Gefahr einer durch einen Act der Ueberraschung eingeleiteten Ueberwältigung und Wegnahme enthoben. Wir haben bereits nachzuweisen versucht, wie diese Gefahr, von österreichischer Seite her, am drohendsten sei, daß aber auch Rußland, in dem vorspringenden polnischen Westwinkel eine in dieser Hinsicht uns Besorgniß erregende Stellung eingenommen hat, so wie endlich daß die eigenthümlichen Verhältnisse im deutschen Nordwesten, nämlich im besonderen die bedenkliche Abrückung des preußischen Territoriums von der Nordsee, und der gänzliche Mangel an deutschen Festungen zwischen Nieder-Ems, Nieder-Weser, Nieder-Elbe und dem baltischen Meere, selbst einem französischen Angriff nicht durchaus unerhebliche Chancen bieten. Eine derartige Lage hat das Ueble, daß sie, bei jedem wichtigeren Schritt, welchen die Staatsleitung nach außen hin zu thun hat, Bedenken erregt, die, weil sie wohl begründet sind, nicht verfehlen auch auf die politische Haltung der Monarchie im Allgemeinen einen nicht immer vortheilhaften Einfluß zu üben. So wie dagegen Preußen, in Betreff seiner Mitte und der großen Metropole, die mehr und mehr zum Herzpunkt des Ganzen geworden ist, sich von den dringendsten Sorgen bei einer in Aussicht stehenden kriegerischen Verwickelung, befreit sieht, werden sein Selbstvertrauen und sein Kraftbewußtsein einen überraschenden Zuwachs gewinnen. Von den ängstlichen Rücksichten der Selbsterhaltung losgebunden, wird es seine Stimme lauter hören lassen dürfen im Rathe Europas, und, ohne daß es einer Erweiterung seines Besitzstandes dazu bedürfte, in seiner Bedeutung nach außen hin, und, in Betreff des Ansehens und der allgemeinen Wirkung, welche es in dieser Richtung äußert, sich als eine andere und wichtigere Macht, als die, für welche es heute angesehen wird, geltend machen. In einem Kriege mit Oesterreich im besonderen aber, der von preußischer Seite nie provocirt werden wird, und den unsere deutsche Nachbar-Macht den dringendsten Anlaß hat zu vermeiden, den wir aber für eine Eventualität, oder mindestens für eine Möglichkeit der Zukunft erachten, wiewohl wir gerade gegenwärtig nur äußerst ungern daran erinnern, würde uns die Befestigung von Berlin den enormen und nicht hoch genug anzuschlagenden Dienst leisten, daß wir, indem das besagte fortificatorische Arrangement uns der Sorgen um unsere Hauptstadt enthöbe, gleich bei der Einleitung des Feldzuges, zu einer excentrischen Offensiv-Operation schreiten könnten, der von Oberschlesien aus durch Mähren auf Wien, um den Krieg, durch einen einzigen mit gesammelten Kräften geführten, auf das entscheidende Objekt gerichteten Stoß, zu einem schnellen und siegreichen Ende zu führen. Wenn irgend ein Staat, so bedarf Preußen einer derartigen beschleunigten Methode der Kriegführung für die Durchfechtung seiner ihm etwa bevorstehenden großen Kämpfe. Denn wenn es einerseits, vermöge einer vortrefflichen, und in den wesentlichsten Beziehungen von keinem andern Lande erreichten Heeresorganisation, seinen Kriegskräften eine Ausdehnung gegeben hat, die seine Armeen numerisch, und der Tüchtigkeit nach, auf ein und dasselbe Niveau mit denen der größten Reiche des europäischen Festlandes stellen, so vermochte es doch noch nicht in demselben Maaße seine inneren Ressourcen, auf denen die Erhaltung eines solchen Militair-Etats im Kriege wesentlich beruht, zu entwickeln. Im Spätherbst 1850, nach der Gesammt-Mobilmachung des preußischen Heeres, waren bedeutende Massen desselben zur Concentrirung an der mittleren Elbe auf Torgau disponirt. Wir sind mit dem Plane, welcher dieser Maaßnahme unterlag, durchaus unbekannt, denken aber, daß man damals damit umging, nach geschehener Sammlung, im raschen Vorgehen bis zum Erzgebirge, sich des naturgemäßen preußischen Defensiv-Theaters wider Oesterreich, seiner ganzen Ausdehnung nach zu bemächtigen, und sodann die Elbe, in ihrer Streckung von Böhmen bis Magdeburg zu einer centralen Vertheidigungsbasis zu machen, von der aus man, nach rechts und links schlagend, die zu erwartende Offensive, bereits in ihrer Einleitungs-Periode spalten, und dem Gegner vielleicht eine große Katastrophe bereiten konnte. Wie sehr indeß ein solcher Plan auch den damaligen Verhältnissen angemessen sein mochte, und wie stark auch immerhin unser Vertrauen ist, daß die unvergleichliche Hingabe preußischer Truppen ihn nicht nur durchführbar, sondern auch große Resultate mit ihm erreichbar gemacht hätte, so war doch immerhin ein bedeutender Nachtheil mit ihm verbunden: der, daß er ein Vertheidigungs- anstatt ein Angriffs-Plan war; während doch Preußen, und zwar aus doppelten Gründen, bei einem Kriege mit Oesterreich die Offensive, dem Gegner gegenüber, aufrecht zu erhalten hat. Denn in einem Einzel-Kampfe mit der anderen deutschen Großmacht handelt es sich für uns vor allen Dingen darum, den Ascendant preußischer Kriegsgeltung auch in der Form zu wahren. Wie indeß heute die Dinge noch liegen, mit dem offenen Berlin und dem eben darum ungedeckten Mittelraum, vermöchten wir kaum, ohne bedeutende Gefahr zu laufen, die Offensive zu ergreifen, zumal keine entscheidende in der vorher bezeichneten Richtung quer durch Mähren gegen Wien. Denn unsere Kräfte zwar und der Geist, welcher sie beseelt, wären der Aufgabe ausreichend gewachsen; nicht aber entspräche ihr die Situation des Staates, und es wird hierin erst eine Aenderung dann eintreten, wenn die Hauptstadt fortificirt worden ist.

Viel entschiedener noch als in dem Kriegsfall mit Oesterreich, der außerdem ein sehr fern stehender ist, sind wir in dem mit Rußland auf die Offensive hingewiesen. Wir haben dies bei Gelegenheit der Besprechung der preußischen Befestigungen im Osten, und der Gestaltung der preußisch-russischen Grenze gefolgert und unsere Beweisführung scheint uns eingehend genug gewesen zu sein, um hier nicht ergänzt werden zu müssen. Aber die Offensive wider unseren gewaltigen Haupt-Gegner, die, wie auseinandergesetzt, am zweckmäßigsten vom rechten preußischen Weichselufer ausgeführt werden würde, ist kein leichtes Werk. Es käme, wie das bereits dargelegt wurde, darauf an, die starke russische Basis an der Mittel-Weichsel in den Rücken zu nehmen, ihre Verbindungen nach rückwärts zu coupiren, und darnach den Feind in seinen großen Waffenplätzen anzugreifen. Wir bedürfen um so mehr dazu einer Zusammennahme aller unserer Kräfte, weil wir, solcher Voraussetzung gemäß, gleichzeitig einen doppelten Krieg: im Felde, um der durchschnittenen Verbindungen Meister zu bleiben, und vor Festungen, um den Gegner aus seiner starken Stellung zu delogiren, zu führen haben würden. Es dürfte sich aber daraus die Nothwendigkeit nicht nur einer Entblößung Schlesiens von Truppen (bis zu einem gewissen Grade) für uns ergeben, sondern es ist auch sehr wahrscheinlich, daß auf derjenigen Linie, auf welcher Rußland unter den an und für sich, günstigen Umständen einen Gegenstoß führen könnte, nämlich in der senkrechten von Posen auf die Oder, und darüber hinaus gegen Berlin, uns wenig Streitkräfte verbleiben würden. Wenn nun auch auf dieser Operations-Linie bedeutende preußische Festungen dem feindlichen Angriff entgegen stehen, und wenn es überhaupt wenig wahrscheinlich ist, daß man, russischer Seits, eine Diversion, also eine bedeutende Kräfte absorbirende Unternehmung, in dem Augenblick wagen werde, wo man auf einem wichtigen Punkte sich selber bedroht findet, so hat die Sache doch auch ihre ernste und bedenkliche Seite, zumal wenn man erwägt, daß die Defensive in keiner Lage so gefahrlos eine Detaschirung ansehnlicher Massen wagen darf, als wenn sie hinter oder in starken Festungen mit größeren Kräften als zu deren unmittelbaren Vertheidigung nothwendig sind, etablirt ist. Außerdem wird zuvor um den Besitz des Narew und Bug ein chancenvoller Kampf geführt werden, in Betreff dessen man die Eventualität wohl zu berücksichtigen hat: daß die preußische Armee mindestens momentan vom rechten Weichselufer abgedrängt, und in ihren Verbindungen mit dem Gros der Monarchie bedroht werden könnte. In einem derartigen Augenblick aber vermöchte eine Diversion von Warschau aus, gegen die Oder und Berlin, uns in eine äußerst bedenkliche Kriegslage zu versetzen, in welcher wir disponirt wären einen unvortheilhaften Frieden den möglichen Consequenzen eines weitergeführten Kampfes vorzuziehen. Wir würden dagegen zu einem solchen Frieden sicher uns nicht bequemen und alle uns noch verbleibenden Chancen mit der unbesiegbaren Zähigkeit, die unsere Nation gerade in den drohendsten Krisen auszeichnet, ausbeuten können, wenn wir Berlin, und damit die Mitte des Staats, mit dieser Mitte aber zugleich seinen Zusammenhang und die darauf beruhende entscheidende Verwendung unserer Mittel, gesichert wüßten.

Was die Bedeutung der Befestigung von Berlin in einem Kriege mit Frankreich angeht, so beruht sie auf Verhältnissen, die in dieser Schrift bereits dermaßen ausführlich erörtert worden sind, daß wir auch auf sie nicht weiter zurückkommen dürfen. Nur das Eine sei hier erwähnt: daß, mit dem befestigten Herzpunkt des Staates im Rücken, im Fall eines Defensiv-Krieges, unsere, unter dem Schutze der mächtigen Rheinfestungen postirte Armee, hier, auch für den Fall ruhig ausharren könnte, wo der Feind sie, nur durch Holland, auf dem hat. Ohne zu wissen, was in den letzten Jahren in dieser Beziehung geschehen ist, haben wir nur zu viel Anhaltspunkte für die Vermuthung, daß sich im Allgemeinen nicht viel darin änderte. Die Mittel der preußischen Festungs-Artillerie stehen muthmaßlich noch jetzt in keinem ausreichenden oder befriedigenden Verhältniß zu den Festungen selber. Man hat enorme Werke mit ungeheuern Kosten hergestellt, in Betreff deren man in Zweifel sein kann, ob die Kraft und Zähigkeit ein und derselben Garnison ausreichend sein wird, sie bis zum letzten vorhandenen Abschnitt defensiv auszunutzen; und dennoch hat man die wesentlichsten Mittel, deren dieser Widerstand bedarf, um sich in seiner ganzen Stärke geltend zu machen, nämlich die artilleristischen, so knapp bemessen, daß man nicht zweifeln kann: auch wenn menschliche Ausdauer bei dem hartnäckigen Kampfe aushielte, würde sie letztlich doch der entscheidenden Waffe des Geschützes entbehren müssen, weil dieses in den Vor-Actionen bereits aufgebraucht worden wäre. Ein derartiger Verlauf der Dinge aber würde im alleräußersten Maaße zu beklagen sein. Man würde dadurch Verluste erleiden, die man mittelst eines verhältnißmäßig nur geringen, und wenig in Betracht kommenden Kosten-Aufwandes hätte vermeiden können. Wenn im Feldkrieg der organisatorische und taktische Fortschritt darauf hingewendet ist, die Zahl der von den Armeen mit zu führenden Geschütze zu vermindern, und damit den ungeheuern Train zu verkleinern, und die Handhabung des Heeres-Ganzen zu erleichtern, weil heute viele Umstände sich vereinigen, die es möglich machen mit einer numerisch schwachen Artillerie auszureichen, so darf man nicht vergessen, daß im Festungskriege sich eine entschieden entgegengesetzte Tendenz geltend macht, und, den Umständen gemäß, sich geltend machen muß; und daß die letzte Belagerung (die von Sebastopol) mit einem Aufwande von artilleristischen Mitteln geführt worden ist, wie keine jemals zuvor. Es ist dieser Gang der Dinge, wie bereits bemerkt, in der Natur der Sache begründet, und voraussichtlich wird er in der eingeschlagenen Richtung verbleiben. Denn im Festungskriege bestehen die Motive nicht, welche im Feldkriege auf eine Verminderung der Geschützzahl hindrängen, weil die Defensions-Artillerie der Bespannung nur in Ausnahmefällen und auch alsdann nur im äußerst beschränkten Maaße bedarf; weil es sich bei Vertheidigung der festen Plätze nicht um Bewegungen handelt, in die das Vorhandensein einer zahlreichen Artillerie als ein Hinderniß eingreifen könnte; weil man seine Depots für die Munition ständig etablirt, und nicht nöthig hat, sie mit sich fort zu bewegen; und vornehmlich: weil das kleine Gewehr, seiner neuerdings außerordentlich vermehrten Tragweite ungeachtet, dennoch in diesem Kriege, der ein Kampf hinter Deckungen ist, die nur vom Geschütz zu alteriren sind, nothwendig in entscheidender Weise zurücktreten muß. Festungen unzureichend mit Geschütz ausrüsten heißt darum wesentlich so viel, als ihnen die Mittel nehmen, die einzige Waffe unbeschränkt und mit Nachdruck handhaben zu können, welche in den Belagerungskämpfen eine volle Geltung hat. Indem wir dieses hier aussprechen verkennen wir durchaus nicht das, was das kleine Gewehr, auch im Festungskriege, zu leisten vermag. Es wird von einer entscheidenden Wirkung sein bei allen Gewalt-Actionen, die den einen oder den anderen Theil, oder beide, außer den Bereich der schützenden Deckungen führen; aber immer doch ist es das Geschütz, welches, bei einer förmlichen Belagerung die Hauptarbeit verrichtet, und man wird seine Zahl um so weniger in beschränkten Grenzen halten dürfen, weil kein Grund vorhanden ist, der es, wenn man von dem geringfügigen Kostenpunkt Abstand nimmt, wünschenswerth, und kein anderer, der es zulässig machte.

Wenn man bei dem baulichen Arrangement der neueren preußischen Festungen allenthalben von dem Grundsatze ausging, daß die Artillerie die Hauptrolle bei der Vertheidigung, das kleine Gewehr dagegen nur die Nebenrolle zu spielen habe, so ist das in jeder Beziehung außerordentlich anerkenneswerth. Nicht allerwärts hat man einen derartigen raisonnablen Grundsatz adoptirt, wofür unter anderen manche Anlagen in Oesterreich, und im Besonderen die Enceinte von Verona ein laut redendes Zeugniß ablegen. Wenn man, wie es dort geschehen, die gedeckte Grabenvertheidigung allein auf Gewehrfeuer basirt, so vermag man zwar den gewaltsamen, nicht aber den formellen Uebergang (über den Graben) zu verhindern, und es mag in Zweifel gestellt werden, ob die Contre-Batterie etwas Anderes zu thun haben wird, als die Vertheidigungs-Geschütze von den offenen Bastionsflanken zu vertreiben.

Von der mit dem eben erörterten Punkte in einer nahen Beziehung stehenden Frage: ob es für rathsam zu erachten sei, in Rücksicht darauf, daß die Artillerie bei der Festungsvertheidigung Hauptwaffe ist, auch die Fronten dem entsprechend zu bemessen, und bei Neubauten, im Besonderen aber bei einer Capitalbefestigung, deren Länge auf den wirksamen Kanonenschuß zu basiren, sehen wir hier noch ab.

Wie groß auch einerseits die damit gewonnenen Vortheile sein würden, sind dennoch, andererseits, die sich dawider erhebenden Bedenken immerhin bedeutend genug. Sie werden namentlich aber da gerechtfertigt sein, wo man, wie in Preußen, das Defensions-Geschützwesen auf einem beschränkten Etat erhält. Die betreffenden Bedenken gründen sich darauf, daß, wenn man die Frontlängen nach der Tragweite des wirksamen Kanonenschusses bemißt, man auch die Flankenvertheidigung gegen den gewaltsamen Angriff allein auf das Geschütz basiren muß, was durchaus veränderte und keineswegs günstige Armirungs-Verhältnisse für diesen Fall ergeben würde. Eine andere Frage ist es: ob man bei Bestimmung des Fronten-Developpements neu zu erbauender Festungen nicht auf die um das doppelte vermehrte Tragweite des kleinen Gewehrs Rücksicht zu nehmen hat. Vordem nahm man dieselbe zu 375 Schritt an. Man hat, dem entsprechend, nicht nur die älteren bastionirten Enceinten, sondern auch die neueren polygonalen construirt, welche letztere damit eine Frontausdehnung von 750 Schritt erhielten. Heute, wo man mit den gezogenen Gewehren einen sichern und kaum fehlenden Schuß auf mindestens 600 Schritt hat, stehen einer Fronterweiterung im besagten polygonalen System bis wenigstens auf 1200 Schritt durchaus keine Bedenken entgegen, zumal es gewiß ist, daß das moderne Klein-Gewehr auf 600 Schritt die doppelte Percussionskraft des früheren auf 300 besitzt.

Die Ausdehnung der Einzelfront im Polygonal-System bis auf 1200 Schritt, würde den bedeutenden Vortheil haben, mit wenig mehr als der Hälfte der vordem dazu nothwendigen Fronten, ein zu befestigendes Objekt umfassen zu können.

Was ein System staffelförmig gestellter, durch Zwischenlinien verbundener Redouten angeht, so muß vor Allem erwähnt werden, daß es, in gewissem Sinne, die vorher aufgeworfene Frage, ob man die moderne Fronte nach der Tragweite des wirksamsten Kanonenschusses bemessen dürfe, oder in dieser Beziehung nach wie vor an den Gewehrschuß gebunden sei, in einer befriedigenden Weise löset. Man kann nämlich die echelonirten Werke derartig nebeneinander placiren, daß jedes einzelne die beiden ihm zunächst gelegenen, in der Front oder im Rücken, in der allerwirksamsten Weise mit dem Klein-Gewehr bestreichen kann, und andererseits die Gesammtfront, die sich aus fünf bis sieben Redouten zusammensetzen mag, so weit ausdehnen, um ihrer Entwickelungslinie entlang, zwar nicht auf der Grabensohle, aber immer doch im Bereich des Glacis, die Tragweite des flankirenden

Kanonenschusses noch ausreichend ausbeuten zu können. Und eben hierin liegt ein wichtiges Prinzip ausgesprochen, das nicht unbeachtet bleiben sollte, weil seine Anwendung eine außerordentliche Verstärkung der Vertheidigungsfähigkeit der Fronten bedingen würde.

Im fortificatorischen Sinne nannten wir Front bisher denjenigen, den übrigen annähernd oder ganz gleich gemessenen Einzeltheil einer Umfassung, welcher zwischen zwei Bruchpunkten derselben gelegen ist, und dessen Linien derartig disponirt sind, daß dieselben sich gegenseitig bestreichen und dadurch die allgemeinen Schwächen aller Befestigungen, den todten Winkel und unbestrichenen Raum so weit wie möglich beseitigen. Die Nebenfronten wirken auf diesen mit ihnen unmittelbar, d. h. als Theil ein und derselben Enceinte verbundenen Frontal-Complex sich flankirender Linien mehr oder weniger ein, je nachdem der Bruchwinkel ein mehr oder weniger stumpfer, größerer oder kleinerer ist, woraus erhellt, daß da, wo eine ganze Frontenreihe in gerader Linie sich entwickelt findet, die nebenwärtige Unterstützung am meisten von den Umständen begünstigt sein wird. Indeß ist ungeachtet dessen eine jede Fronte sich selber Zweck, und sie wird vorzugsweise auf die Selbstvertheidigung, als auf ihre Hauptbestimmung einzurichten sein. Wenn daher ihre Werke sich in der günstigen Lage befinden, zugleich diejenigen der Nachbarfronten zu bestreichen, so geschieht es mehr — wir bitten, uns hierbei nicht mißverstehen zu wollen! — weil es sich so macht, als weil man es in erster Instanz bezweckte. Mit anderen Worten: die Collateral-Wirkung ist, wie wichtig sie auch immerhin sein mag, vergleichsweise nur eine secundaire. Man wolle sich den Fall denken, daß bei der Belagerung eines großen Platzes vier neben einander gelegene Fronten von je fünfhundert Schritt Länge zugleich angegriffen würden. Allerdings würden die Feuer derselben in einander greifen, und zwar um so mehr, wenn ihr Developpement sich der geraden Linie nähern würde. Aber die rechte Flügelfronte würde mit der linken, ja vielleicht schon mit der dritten (wenn man sie selber mit I. bezeichnet) keine wesentlichen Unterstützungen austauschen, und es könnte unter besonderen Umständen geschehen, daß ihre auf weitere Distanz noch zusammenfallende Gesammtwirkung sich mehr und mehr zersplitterte, je näher der Angriff heranrückte. Man denke sich dagegen die besagten vier Fronten inmittelst der Anwendung des Systems der echelonirten Redouten, von dem General von Brese-Winiary eine der gelungensten und zugleich geistreichsten Partial-Anwendungen beim Bau einer unserer großen, ostwärtigen Festungen machte, als Eine

Berlin, wie in Wien suchen würde. Nur wenn die preußische Hauptstadt befestigt wäre, dürften die Feinde in der Wahl schwankend werden, und demjenigen Objekt den Vorzug geben, welches, ungeachtet seines geringeren Entscheidungswerthes, dennoch, seiner Unbewehrtheit wegen, das vortheilhaftere sein würde.

Die Verhältnisse, welche unter den gestellten Bedingungen sich günstig genug ausnehmen, werden durchaus andere, wenn der besprochene Doppel-Krieg uns in der Isolirung von Oesterreich vorfindet. Es kann nicht bezweifelt werden, daß wir uns alsdann, im Osten wie im Westen, auf eine ziemlich resignirte Defensive werden zu beschränken haben. So viel Territorium wie möglich, auf so lange Zeit als möglich zu behaupten, käme dabei als ein Hauptgesichtspunkt unserer Kriegführung in Betracht. Denn eben hierauf beruht der Nachdruck und die Nachhaltigkeit der Handhabung unserer Widerstandsmittel, die mehr als dies von denen eines anderen Staates gesagt werden kann im Boden der Monarchie wurzelnde sind, nämlich insofern als Preußens Wehrverfassung, im eigentlichen Sinne, auf dem Gedanken einer Volksbewaffnung und der Verwendung von Massenaufgeboten in äußersten Fällen, beruht. Außerdem hätten wir darauf zu denken Zeit zu gewinnen, was in Preußens Lage nicht dadurch geschehen kann, daß man Feld giebt. Denn die Chancen, welche wir, unter der gestellten Annahme, für uns haben, sind mehr *politischer* wie *militairischer Natur*: Frankreich gegenüber würden wir bestrebt sein, die Rheinlinie zu halten, auf der entgegengesetzten Fronte aber zu vermeiden suchen, von der unteren Weichsel ab und auf die Oder geworfen zu werden. Wir würden in Ostpreußen am mindesten auf eine Grenzvertheidigung uns einlassen können, aber eine Diversion von dort aus gegen die Mittelweichsel und in den Rücken der dort gelegenen russischen Festungsbasis stets *vorbereitet* halten, indem wir das System Danzig, Königsberg, Memel u. s. w. in fester Hand hielten. Im engeren Sinne würde unsere Kriegsform auf beiden Frontlinien, gegen Frankreich wie Rußland, eine *Central-Defensive, mit concentrirten Hauptmassen* sein; indem wir, durch energische Behauptung unserer großen befestigten Positionen, namentlich am Rhein und an der Weichsel, auch nachdem dieselben umgangen worden, und ausschließlich auf eine Flanken- und Rückenwirkung beschränkt wären, das *indirekt* zu decken suchten, was wir *direkt nicht zu vertheidigen vermöchten*. General von Willisens Rath, eine Stellung bei Thorn, zur Sicherung des preußischen Ostens, reits zu mehreren Malen in dieser Schrift für eine Anwendung des Redouten-Tracés ausgesprochen, und diese Meinung mit Gründen unterstützt, die, mit den letzt entwickelten verbunden, nicht ermangeln dürften, es ausreichend zu empfehlen. In weitere Details darüber hier einzugehen, würde weder dem Zweck unserer Erörterungen entsprechen, noch wären wir es im Stande, ohne den Charakter derselben völlig aufzugeben, der kein speziell technischer ist.

XVIII.

Das befestigte Berlin als Depot-Haupt-Punkt.

Ein besonderer Mangel, unter welchem Preußens Vertheidigungsfähigkeit leidet, und dem man in nächster Zukunft wird abhelfen müssen, beruht auf der Nicht-Existenz eines Artilleriecentral-Depots von bedeutendem Umfang, wie Frankreich ein solches in Vincennes besitzt, England in Woolwich, Rußland deren mehrere auf seinen weit ausgedehnten Grenzen anlegte und selbst Staaten zweiten Ranges in Europa sich gegründet haben. Man hat vielfach behauptet: Preußen sei bis dahin nicht reich genug gewesen für eine derartige Beschaffung, und wir wollen diese Ansicht, wieviel auch immerhin sich gegen sie einwenden ließe, gelten lassen. Auf unsere heutige Finanzlage indeß, die staatliche wie die allgemeine nationale, kann sie entschieden keine Anwendung mehr finden. Daß wir ein derartiges Depot bedürfen, ist über jeden Zweifel hinaus gewiß, und daß wir die Mittel haben es herzustellen, nicht minder. Die Frage, um welche es sich gegenwärtig betreffs desselben handelt, kann nur die sein, wo dasselbe seine Stelle finden soll; und sie ist nicht schwer zu entscheiden. Denn kein anderer Punkt innerhalb des ganzen Umfanges der Monarchie ist für den betreffenden Zweck besser gelegen, wie Berlin selbst. Auch kann Preußen mit einem einzigen sich begnügen, und zwar um so mehr, als alle Annahmen, denen zu Folge die rheinischen Provinzen, als vom Hauptkörper des Staates abgetrennte, ihre eigenen centralen Etablissements besitzen müssen, unter den heute sehr veränderten Umständen, durchaus nicht wechselndem Accent zu führen und unsere Hauptmacht in rascher Aufeinanderfolge gegen Rußland und Frankreich auftreten zu lassen.

Im Besonderen schwierig und bedenklich erscheint uns ein Doppelkrieg, in welchem Oesterreich eine der wider Preußen feindlich betheiligten Mächte ist, sei es nun, daß es mit Frankreich oder mit Rußland zum gemeinsamen Angriff verbunden ist. Die letztere Voraussetzung weiset unsere Defensive auf die Oder, vornehmlich auf die obere Oder hin und macht, wie wir dies schon angedeutet haben, die Befestigung von Breslau zu einer Sache von der höchsten Wichtigkeit. Auf dieser für den Zweck wohl gelegenen, wenn auch in Hinsicht auf fluviale Stärke als Basis viel zu wünschen lassender Linie, sicher und fest etablirt, würden wir im Stande sein, nach beiden Seiten hin mit gesammelter Kraft den Feind zu treffen, weil uns nach geschehener Conzentrirung und Hauptaction auf dem einen Stromufer der sofortige Uebergang zum anderen stets, inmittelst unserer Befestigungen, offen stände, und der Feind dieselben erst bewältigen müßte, um uns die Anwendung dieses folgenreichen Stratagems energisch zu verbieten. Nun ist es aber unbestritten, daß wir nur dann leichten Herzens, auch selbst für eine kurze Epoche, unsere Hauptmassen auf dem rechten Oderufer engagiren können, wenn wir nicht fürchten müssen, daß der andere Gegner auf dem linken Ufer während dessen einen entscheidenden Schlag gegen unsere Hauptstadt führen werde. Dieser Befürchtung aber vermag uns nur eine Befestigung derselben zu entheben. Wir folgern daher durchaus logisch, wenn wir hier den Schluß ziehen, daß die Fortificirung von Berlin die sicherste und vielleicht die einzige Garantie für eine kräftige preußische Vertheidigung in dem äußerst schwierigen Fall eines österreichisch-russischen Angriffs ist.

Wir sind der Ansicht, daß für die näher gelegene Zukunft, vom rein strategischen Standpunkt aus, ein gleichzeitiger Krieg mit Frankreich und Oesterreich noch viel gefährlicher werden könnte, wie der zuletzt erörterte. Allerdings hat eine derartige Verbindung Vieles gegen sich, was sie im hohen Maaße unwahrscheinlich macht, aber dennoch müssen wir aus zuvor entwickelten Gründen, Anstand nehmen, sie für unmöglich zu erklären. Bemerkenswerth ist zunächst, daß die beiden angreifenden Mächte unmittelbar zusammen wirken und hart, Seite an Seite, den Kampf führen könnten, ohne daß wir eine Basis besäßen, inmittelst deren wir sie auseinanderzuhalten versuchen und gleichzeitig Schläge wider die eine wie gegen die andere führen könnten. Allerdings würden wir am Rhein unsere gewaltigen Festungen nicht aufgeben. Wir würden vielleicht selbst ein kleines Operationscorps, auf dieselben gestützt, dort zurücklassen. Aber da diese Stromlinie wegen ihrer Abgetrenntheit vom Gros der Monarchie als eine isolirte Basis angesehen werden müßte und da, weil ihre frontale Bedeutung überwiegt, sie weniger wie die Oder und Elbe eine strategische Rückenwehr zugleich ist, so würden wir kaum eine andere Wahl haben, als die, uns mit unseren Hauptmassen an der letzteren Vertheidigungslinie (der Elbe) zu etabliren, in der Absicht, die Entscheidung in den rechts und links von ihr und ihren großen Befestigungen zum Theil beherrschten Landesraum zu verlegen, um die Gegner in der vorher angedeuteten Manier rechts und links des Hindernisses mit möglichst gesammelten Kräften zu treffen. Ein entscheidendes Moment in diesem Kampfe wird das Ringen um den Besitz der mittleren Elbe bis zum Erzgebirge sein. Dabei ist nicht zu verkennen, um wie viel günstiger die preußische Situation ist, falls Berlin sich wohl verwahrt befindet, — und man eben deshalb auf der linken Stromseite mit ebenso viel Leichtigkeit wie auf dem rechten die Gesammtkräfte der Defensive zu gewaltigen Schlägen conzentriren kann, — als wenn der entgegengesetzte Fall Statt findet.

Die Elbe ist endlich auch unsere Hauptbasis in einem gleichzeitigen Kriege mit allen drei continentalen Großmächten. In einem solchen Kampfe handelt es sich um Preußens Sein oder Nichtsein. Er ist nicht durchführbar und kann einerseits nicht angenommen werden, wenn, wie dies unter den bis jetzt noch bestehenden Verhältnissen geschehen würde, ein Vormarsch gegen Berlin die Entscheidung zu geben vermag. Wenn jedoch das günstige Geschick Preußens ihm einen ausgezeichneten Feldherrn in den Schooß würfe, und ein Landes-Vertheidigungs-System vollständig eingerichtet, vornehmlich und vor allen anderen Punkten Berlin befestigt wäre; — wenn andere Umstände noch hinzuträten, die uns stärkten und dagegen auch solche, die ein einiges Zusammengehen der Feinde störten — endlich wenn ein Eingehen auf die uns gestellten Bedingungen einer Vernichtung unserer staatlichen Selbstständigkeit nahe kommen würde, und es um die Reduzirung zu einer Macht zweiten Ranges sich für uns handelte, mit der man uns zu öfteren Malen schon bedroht — dann .... wahrlich, wir würden uns nicht lange unschlüssig finden lassen, den

Handschuh aufzunehmen, den man uns hingeworfen, und es geschähe in solchem Falle nicht zum ersten Male! Der Feldzug, welchen wir 1806 eröffneten, war, im Grunde genommen, wenn man die besonderen Umstände in Erwägung zieht, ein weit hoffnungsloseres Unternehmen, und das entschiedene Mißlingen für die Einsichtigen, vor der Einleitung bereits, unzweifelhaft; aber wir wählten diesen einzigen ehrenvollen Ausweg nichtsdestoweniger; — und als Friedrich II. siegreich dem vereinten Europa widerstand, geschah es mit einem Volk von fünf Millionen Seelen. Wir wissen, daß die Verhältnisse um uns her seitdem andere geworden sind; aber das Volk, darauf können wir sicher vertraun, welches heute beinahe die dreifache Zahl erreichte, ist dasselbe geblieben. Allerdings beruht das Ausschlag gebende Prinzip in den neueren Kriegen auf dem numerischen Uebergewicht der Kräfte, und dasselbe würde im hohen Maaße auf der Seite unserer Gegner sich befinden; aber dennoch — wenn die Umstände es erheischen sollten, würden wir das Wagniß antreten. Wir wären die kriegerische Nation, der insonderheit militairische Großstaat nicht, dessen Namen wir in Anspruch nehmen, falls wir es nicht thäten! Denn auf die Stellung, die uns in der Mitte des Welttheils, dessen Geschicke zugleich diejenigen des Erdballs regeln, geworden ist, sind wir nicht darum stolz, weil sie im Verlauf der Geschichte uns anheim fiel, sondern weil wir sie uns genommen haben, kraft eigener Stärke, und weil wir, wenn nicht die Macht, so mindestens für alle Fälle doch **den Muth** in uns wissen, sie zu behaupten. Hoch hält Preußen unter jeder die nationale Größe und Aufgabe wahrhaft begreifenden Regierung — und seiner heutigen sind wir in solcher Beziehung freudig gewiß — die Waage der europäischen Entscheidungen. Und die Aufforderung, das Ausschlag gebende Wort zu sprechen, richtet sich zuerst an uns, die wir allerdings an Ausdehnung des Territoriums und an Mitteln noch die geringste unter den leitenden Mächten sind, aber an moralischer Stärke eine der größten! Wohlan denn! wenn solche Rolle uns zu spielen zu Theil geworden, und wenn es uns nicht an Muth gebricht, sie durchzuführen, so ist es vor Allem unsere unerläßliche Pflicht, uns auf sie einzurichten. Der Stützen für unsere Kräfte bedürfen wir, weil sie schwach sind. **Wir haben sie aber da am** allernöthigsten, wo diese Schwäche sich am meisten bekundet. Es ist das in dem Raume, wo unser Herz gelegen ist, wo jene große Metropole steht, in der die materiellen und moralischen Fäden sich einigen, auf denen der Zusammenhalt der preußischen Monarchie beruht. Darum Hand ans Werk, und je eher um so besser! denn mit der Befestigung Berlins erst werden wir der stolzen Stellung vollkommen würdig sein, weil wir, nur unter dieser Bedingung, die Aufgaben, die sie uns auferlegt, zu lösen im Stande sind!

XX.

Von der politischen Bedeutung der Befestigung von Berlin im Besonderen.

Die politische Bedeutung irgend welcher großen, auf die Kriegführung tief einwirkenden und ihre Form oder Richtung mitbestimmenden Wehrvorkehrung, läßt sich von der militairischen Bedeutung, welche dieselbe zu beanspruchen hat, im Grunde genommen nicht scheiden. Beide sind Ein und Dasselbe, und fallen in einander zusammen. Der politische Hauptwerth der Befestigung von Berlin ist daher bereits erörtert, indem wir ihre Einwirkung auf alle Kriegsfälle, in welche Preußen eintreten kann, festzustellen versuchten. Wenn wir nichtsdestoweniger hier ein besonderes Capitel der Besprechung der politischen Bedeutung der betreffenden Anlage beifügen, so geschieht dies unter Bezugnahme auf das vorangegangene nur im ergänzenden Sinne.

Das unbefestigte Berlin, verbunden mit der wenig gesicherten Lage des preußischen Mittelraumes, so sagten wir, bedinge für unseren Staat eine außerordentliche Schwäche. Man kann sich über dieselbe momentan erheben, und an der dazu nothwendigen moralischen Stärke gebricht es uns nicht; aber im Allgemeinen ist sie ein erschwerendes und erlahmendes Element für unsere freie Bewegung und für die schnelle und sichere Fassung unserer Entschließungen. Vornehmlich legt sie uns mehr wie dies im Allgemeinen durch die sonstigen Umstände gerechtfertigt zu sein scheint, eine uns beengende Rücksichtnahme auf diejenige Macht auf, welche unserer schwachen Herzgegend am nächsten situirt ist. Wir haben an einem anderen Orte den Grundsatz aufgestellt, daß die beiden mitteleuropäischen Hauptstaaten, Preußen und Oesterreich, in ihrer gemeinsamen Stellung zwischen zwei anderen Großreichen, — von denen ein jedes, jeder einzelnen von ihnen, in vielen Beziehungen überlegen ist und durch eine kühn vorgreifende Politik immer überlegener wird, — auf eine enge politische, und, wenn es nothwendig werden sollte, zugleich auf eine militairische Cooperation angewiesen seien. Solche österreichisch-preußische Allianz wäre ein um so besseres Gebäude, ein wahrer unausweichender Schlußstein im großen Bau des europäischen Gleichgewichts, da England von seinen besten Interessen dazu bestimmt würde, sie mit Entschiedenheit auf den Meeren zu secundiren. Wie eine feste Barrière stände sie aufgerichtet gegenüber dem zu Uebergriffen geneigten Rußland und Frankreich. Aber indem wir diese Behauptung aufstellen, räumen wir durchaus nicht ein, daß der zwischen Preußen, Oesterreich und den deutschen Kleinstaaten bestehende Bund die rechte Form für die Sache, das geeignete Mittel zum Zweck sei. Weitläufig haben wir dies bei einer anderen Gelegenheit auseinander zu setzen versucht. Der Augenblick ist wenig geeignet, um darauf zurück zu kommen. Aber das Prinzip mindestens haben wir hier auf's Neue geltend zu machen, weil es die einzige Basis ist, auf welcher wir für den betreffenden Zweck zu einer Vereinbarung mit Oesterreich gelangen können: daß ein Zusammengehen Preußens mit der letzteren Macht die Ausschließung des Einflusses derselben im deutschen Norden als eine nothwendigste Vorbedingung voraussetzt. Die Form, in welcher man diese Hauptbedingung zur politischen Gestaltung bringen mag, wollen wir hier nicht erörtern. Wir glauben aber, daß keine andere dafür taugt, als ein unter Preußens alleinige Suprematie gestellter norddeutscher Separat-Bund, der, mit Oesterreich und den süddeutschen Staaten, in ein Allianzverhältniß höherer Ordnung eintretend, so zu sagen einen Flügel der großen, mitteleuropäischen Coalition ausmachen würde.

Wir sind der Ansicht, daß Preußen nur unter einer derartigen Bedingung im Stande sein würde, seine seitherige passive Politik, welche mit seinem Bundesverhältniß zu Oesterreich in der heutigen Form zusammenhängt, aufzugeben und ein mehr actives System zu adoptiren. Aber zugleich können wir nicht umhin, darauf aufmerksam zu machen, daß wir für letzteres noch nicht ausreichend militairisch eingerichtet sind, und eine ganz andere Stellung gegenüber der in mancher Beziehung schwierigen Aufgabe einnehmen würden: wenn wir strategisch eine gesicherte Lage besäßen, im Besonderen: wenn unsere Herzmitte gedeckt wäre. Und eben darin liegt der enge Zusammenhang, in welchem die Befestigung Berlins zu der preußischen Politik in Deutschland steht.

XXI.

Die Befestigung Berlin's vom finanziellen Standpunkt.

Die Beurtheilung der politischen und militairischen Maaßnahmen der Staaten vom finanziellen Standpunkte, um sie darnach in ihrem Werthe und in ihren Consequenzen zu würdigen, ist heute mehr wie jemals durch die Umstände empfohlen, weil mehr wie in früheren Zeiten gerade in unseren Tagen die Finanzen einen wichtigen Theil der Staatsmacht, seines Wollens und Könnens, repräsentiren. Sie sind ein Hauptnerv jedweder Action. Die hervorragende Rolle, welche England seit etwa hundert Jahren auf dem Erdenrund zu spielen vermocht hat, steht in einer engen Beziehung zu seinem National-Reichthum. Auch war es in früheren Zeiten überwiegend die finanzielle Superiorität Frankreichs, gegenüber von Deutschland, welche seine damalige militairische begründete. Wenn Rußland bisher weniger vermochte, als es dem äußeren Eindruck nach, den seine Größe macht, erwarten läßt, so hat das seinen Grund dem wesentlichen Theile nach in seinen noch unentwickelten Finanzen. Endlich ist es allgemein bekannt, daß die Hauptschwäche der beiden großen Reiche im Südosten, Oesterreich wie der Türkei, finanzieller Natur ist.

Eben darum ist fast keine Sorge des Staates überhaupt gerechtfertigter als diejenige, welche er zu Gunsten seiner Finanzen nimmt, und es hat von je her die preußische Regierung ausgezeichnet, dieses hochwichtige Grundprinzip keinen Augenblick verleugnet zu haben. Die Verwaltung der pecuniären Staatsmittel ist in Preußen musterhaft, und sie hat dieses Lob seit dem Anbeginn der regierenden Dynastie in Anspruch genommen. Unter allen europäischen Großmächten hat die Monarchie der Hohenzollern die ohne Vergleich geringsten Schulden, und ihr Einnahme-Budget hat sich dabei in einer Weise entwickelt, die es wenig noch hinter dem von Oesterreich und Rußland zurückstehen läßt.

Daß von den preußischen Gesammt-Einnahmen das Kriegswesen, im Frieden, nur etwa den fünften Theil ausmacht, muß nicht minder anerkennend hervorgehoben werden. Wir haben mit einem jährlichen Aufwand von zwischen zwanzig bis dreißig Millionen Thaler eine Waffen-Macht für den Kriegsfall bereit gehalten, die jeder einzelnen derjenigen unserer großen Nachbarstaaten als gleichstehend erachtet werden konnte. Diesem Umstande, d. h. der verhältnißmäßig geringen Summe unseres Militairbudgets, und der daraus resultirenden vergleichsweise minder schweren Belastung des preußischen Volkes mit Abgaben, haben wir die raschen Fortschritte seiner wirthschaftlichen Entwickelung, die, namentlich in den letzten zwanzig Jahren, außerordentliche gewesen sind, zu danken. Wir danken ihr sodann auch die Bewahrung des preußischen Staats-Credits, der heute denjenigen beinahe aller anderen Großmächte so weit überflügelt, und seine Ueberlegenheit gegenüber desjenigen von Oesterreich heute allein schon durch die nicht in Zweifel zu ziehende Thatsache geltend macht, daß wir eine bedeutende Anleihe zu *doppelt so guten Bedingungen wie dieses* würden abschließen können. Es ist das ein Vortheil, und in gewissem Sinne, *ein Uebergewicht* von enormer Bedeutung, und die wir uns nach Möglichkeit zu erhalten suchen müssen. Vornehmlich haben wir Gewicht darauf zu legen, für den Fall, wo, bei eintretendem Kriege, Preußen der Entfaltung seiner *gesammten militairischen Mittel* bedarf. Wir glauben, daß ein einziges Kriegsjahr, unter solcher Voraussetzung, einen Militair-Aufwand von achtzig Millionen Thalern erheischen würde, und wir entziehen uns dabei nicht der Erwägung, daß derselbe nur im Wege einer Anleihe aufgebracht werden könnte. Den Credit des Staates so weit aber zu bewahren, daß dieselbe unter vortheilhaften Bedingungen abgeschlossen werden kann, muß für uns, schon im Frieden, eine Haupt-Rücksicht sein. Darum aber eben müssen Anleihen zu anderen Zwecken verwenden muß das Schulden-Quantum nicht vermehrt, sondern nach Kräften vermindert und unter normalen Umständen die Gesammtmasse der Staatsbedürfnisse aus den Einnahmen bestritten werden.

Nichtsdestoweniger giebt es extraordinaire Ausgaben, die hiervon auszunehmen sind; weil der Nutz-Effect, den sie gewähren, alle Rücksichten beseitigt, die man wider sie geltend machen könnte. In diese Categorie stellen wir vor Allem die Ausgaben für die Landesbefestigung. In der That würde man irren, wenn man dieselben durchaus den unproduktiven beirechnen wollte. Sie schaffen im Gegentheil eine ideelle Rente, die von der Summe der Ersparnisse repräsentirt wird, welche auf Grund des Vorhandenseins der den Staat gegen einen überraschenden Angriff deckenden Fortificationen, im Bereich des finanziellen Etats für die Schlagbereitschaft des Heeres gemacht werden können. In diesem Sinne ersetzt, um hier nur ein Beispiel anzuführen, die Festung Posen, deren Bau einen Aufwand von über zwölf Millionen Thaler erforderte, eine Truppenmacht, welche mit den Zinsen dieses Capitals, auch wenn man sie zu dem höchsten Fuße berechnet, nicht zur Hälfte unterhalten werden könnte. Ein wesentlicher Vortheil bei dieser Methode, lebendige Massen durch unbelebte zu ersetzen, besteht außerdem noch darin, daß man damit dem Lande in Friedenszeiten productive Kräfte erhält, die ihm für die Entwickelung des nationalen Wohlstandes von großem Vortheil sind. Wir wissen, daß Oesterreich durch seine inneren und äußeren Verhältnisse im Wesentlichen dazu bestimmt ist, auch in Friedenszeiten eine beinahe dreifach so starke Armee wie Preußen schlagbereit zu erhalten. Zum Theil aber mag dieser große Aufwand mit dadurch ihm aufgedrungen sein, daß es nur ein unvollendetes, ganze Fronten des Reiches noch blosgebendes Landes-Befestigungssystem besitzt und sich in der unvortheilhaften Lage befindet, der Hauptsache nach das durch lebendige Massen decken zu müssen, was unter anderen Umständen unbelebte schützen würden. Als in demselben Sinne, d. h. zur Ersetzung eines Theiles der anderen Falles nothwendigen Kriegsbereitschaft verausgabt, rechnen wir auch die meisten der Summen, welche auf strategische Eisenbahnlinien zur Verwendung kommen. Denn wenn schon jetzt Preußen in verschiedenen sehr schwierigen Zeitmomenten mit Gewehr bei Fuß ausharren konnte, ohne die ungeheuren und meistens durchaus unproductiven Ausgaben für eine demonstrative Mobilisirung der Armee zu machen, so hatte es dies nächst dem ausgedehnten, seiner Vollendung so nahe gerückten Festungssystem, zugleich seinem nicht weniger großartigen

Eisenbahnnetz zu danken. — Wir würden endlich auch eine Anleihe in die gedachte Categorie einreihen, vermittelst welcher Preußen es unternähme, rasch und seiner Lage wie seiner großen Aufgabe entsprechend die vaterländische Kriegsmarine, deren schwache Anfänge heute so wenig beitragen die Würde unserer Nation zu erhöhen und unser auswärtiges Ansehen zu unterstützen, auf einen Achtung gebietenden Fuß zu erheben. Denn Vieles hängt hiervon ab; im Besonderen das Verhältniß, in welches wir uns in Zukunft zu den scandinavischen Mächten zu stellen vermögen, was insofern eine nicht gering zu schätzende Wichtigkeit hat, als im Kriegsfall mit Rußland, namentlich in einer späteren Epoche, in welcher dessen Angriffskräfte sich bedeutend entwickelt haben dürften, eine Cooperation mit Schweden-Norwegen und Dänemark zu den werthvollsten Combinationen gehört, in die wir eintreten könnten.

Am allergerechtfertigsten aber erscheint uns ein Anlehen behufs der Befestigung von Berlin zu sein. Die auf diesen großen Zweck verwendete Summe würde sich im hohen Maaße indirekt productiv erweisen, weil es wahrscheinlich ist, daß wir in diesem Falle unser heute, wie bemerkt, zwischen zwanzig und dreißig Millionen Thaler schwankendes, durch seine Kleinheit unter denjenigen der übrigen Mächte sich auszeichnendes Kriegsbudget auch in Zukunft nicht würden zu erhöhen brauchen, wogegen anderen Falles, namentlich nachdem die großen sämmtlich auf die preußische Grenze gerichteten russischen strategischen Eisenbahnen ausgebaut sein werden, eine bedeutende Erhöhung unserer Kriegsbereitschaft und damit eine Steigerung des Armee-Etats sich als unumgänglich nothwendig herausstellen wird.

Unsere Gesammt-Mobilmachung im Spätherbst 1850, deren Kosten, wenn wir uns recht entsinnen, auf etwa achtzehn Millionen Thaler berechnet worden sind, war darum so unerläßlich, weil Preußen bei einem jeden Conflict mit Oesterreich, der bereits in ein ernsteres Stadium eingetreten ist, unter den heute noch bestehenden Verhältnissen einer Schlagfertigmachung seines Heeres nicht entbehren kann. Denn es existirt kein anderes defensives Element, als eben die Armee selber, welches uns gegen die Gefahr eines von Böhmen aus wider unsere Mitte geführten überraschenden Schlages eine Garantie bieten könnte. Da nun ein derartiger Conflict immerhin auf's Neue eintreten kann, und die Nichtentscheidung vieler der wichtigsten deutschen Fragen einerseits, wie Oesterreichs bekannte Hartnäckigkeit andererseits, eine mehrfache Wiederholung sogar nicht unwahrscheinlich machen, so will der Fall wohl erwogen sein, daß, wenn wir das Verhältniß unserer strategischen Lage zu unserer südlichen Nachbarmacht nicht ändern, wir noch ein Mal, ja vielleich öfter genöthigt werden können, die so bedeutende und doch so unproduktive Ausgabe für eine allgemeine Mobilisirung zu machen. Richten wir uns dagegen auf dem betreffenden Kriegstheater den dringlichen Umständen entsprechend ein, befestigen wir Breslau,. und vornehmlich Berlin, und sichern wir durch diese beiden großartigen Maaßnahmen Schlesien und die Marken gegen einen feindlichen Ueberraschungsschlag, so werden wir, bei allen mit Oesterreich etwa eintretenden Verwickelungen, den Dingen, auch den drohenderen, ungleich länger zuschauen können, bevor das entscheidende Wort von der preußischen Hauptstadt aus 600,000 Mann Preußen in's Gewehr zu rufen veranlaßt ist. Ja wir zweifeln, daß es, bis zum Kriegsausbruch selber, falls wir nicht selbst die politisch-strategische Initiative ergreifen, nothwendig sein wird, mehr als eine Partial-Mobilisirung eintreten zu lassen. Es kommt hierbei darauf an, an Zahlen festzuhalten, weil dieselben die meiste beweisende und überzeugende Kraft besitzen. Die Armirung der Festungen eingerechnet mag sich die Gesammtmasse der Kosten einer Total-Mobilmachung der preußischen Waffenmacht auf, wie gesagt, achtzehn Millionen Thaler (siehe oben) belaufen. Das macht pro Armee-Corps zwei Millionen. Sind Berlin und Breslau gesichert, so wird unter allen Umständen bis zum Kriegsausbruch eine Mobilisirung und Conzentrirung von drei Armee-Corps im Gegensatz zu deren neun, die im anderen Falle in Bereitschaft gesetzt werden müßten, genügen. Wir würden demnach sechs auf dem Friedensfuß belassen können, was bei einem letztlichen friedlichen Ausgleich der Differenz eine Ersparniß von nicht weniger als zwölf Millionen Thaler bedingen würde, eine Summe, mit welcher allermindestens die Ausgaben für eine sehr ausgedehnte Befestigung der preußischen Hauptstadt zu decken sind. Wiederholte sich aber der ernste Conflict zu mehreren Malen, und es kann dies sehr leicht geschehen, so wäre der Gesammtbetrag der Ersparniß als ein reiner Gewinn anzusehen. Wenn uns die Befestigung von Berlin aber in den Stand setzt, selbst Oesterreich gegenüber uns bis zum Kriegsausbruch auf eine Theil-Mobilisirung von einigen Armee-Corps zu beschränken, so unterliegt es um so weniger einer Frage, daß wir in ähnlichem Falle dasselbe gegenüber von Frankreich oder Rußland wagen dürfen. Es ist dabei sehr in Erwägung zu ziehen, daß in unseren Tagen die meisten politischen Differenzen friedlich ausgeglichen werden, welche brennende Kriegslust dann und wann, hier und dort, auch aufflackern mag.

Der Einwand, den man vom finanziellen Standpunkte aus etwa gegen die Befestigung Berlins geltend machen möchte, scheint uns damit im Voraus widerlegt zu sein. Eine Ausgabe von zwölf Millionen Thalern, auch wenn sie mit einem Male gemacht, also durch eine Anleihe aufgebracht werden müßte, kann nicht in Betracht kommen neben den ganz unberechnenbaren Vortheilen, die für die Sicherheit, das Ansehen und die Prosperität des Staates daraus erwachsen würden. Wir haben nicht erläutert, wie wir zu der Schätzung der Kosten des Capital-Platzes gelangt sind. Sie macht auf keine zutreffende Genauigkeit und Zuverlässigkeit Anspruch. Am ehesten mag es geschehen, daß die Ausführung um ein paar Millionen unter dem gemachten Ansatz verbleiben wird; denn man darf nicht vergessen, daß die vorausgesetzten Anlagen nur genau nach dem Bedürfniß bemessen sind, und daß man sie im Entferntesten nicht im Kostenpunkt den theuren Werken der neuen ostwärtigen Festungen gleich zu stellen hat. Anderer Seits indeß haben sie eine sehr bedeutende Ausdehnung; sie nehmen ungeachtet der einfachen Manier, die unserem Vorschlage gemäß der Umfassung zu Grunde zu legen wäre, immerhin einen bedeutenden Flächenraum ein und würden Terrain-Ankäufe erheischen, deren Preis nur auf Grund einer näheren Untersuchung und Erkundung an Ort und Stelle überschläglich ausgemittelt werden könnte. Am mindesten sind wir dazu fähig, da wir nicht in Europa, sondern in einer entlegenen Gebirgsgegend Asiens schreiben. Es giebt außer diesem einen noch andere unsichere Faktoren im Calcül: die Höhe des Tagelohns und der Preis der Baumaterialien. Außerdem würden die Kosten der Artillerie-Ausrüstung noch im Besonderen zu berechnen sein.

XXII.

Rücksichtnahme auf die Besatzung.

Der Befestigung von Berlin, als einer fortifikatorischen Anlage im allergrößten Maaßstabe, kann noch der Einwand entgegen gestellt werden, daß sie eine enorme Besatzung absorbire, daß Preußen bereits in seinen gegenwärtigen Festungen eine schwere Last auf sich ruhen habe, daß dieselben in der Zahl von dreißig ersten, zweiten, dritten und vierten Ranges eine Gesammt-Truppenmasse von mindestens anderthalb hundert tausend Mann erheischen, und daß die im Bau begriffenen Plätze diese Anzahl noch vergrößern werden. Endlich, daß, wenn Berlin befestigt wird, der Abgang von der Feldarmee für die Festungs-Garnisonen 200,000 Mann übersteigen wird, was um so schwerer in Anschlag zu bringen sei, da die neueren Kriege wesentlich durch das numerische Uebergewicht entschieden werden, und es daher darauf ankommt, so große Massen wie möglich im Felde stehen zu haben, die Detaschirungen aber behufs der Besetzung der Festungen so weit wie angänglich zu reduciren.

Diese Ansicht mag, bei einer ersten nur oberflächlichen Prüfung, immerhin Etwas für sich zu haben scheinen; zumal wenn man unberücksichtigt läßt, wie sehr die eigenen Festungen im Defensivkrieg den Vertheidigungs-Operationen zu Statten kommen, als Stützpunkte der entscheidenden Manövres sich verwerthen, und zuweilen selbst zu den Punkten werden, von deren Behauptung oder Verlust das Geschick der Campagne abhängt. Allerdings bieten die neueren Kriege Beispiele dar, denen zu Folge feste Plätze in einzelnen Fällen nichts leisteten. Im Jahre 1806 war dies in Betreff der meisten preußischen Festungen der Fall. Sie wurden, mit wenigen Ausnahmen, schlecht oder gar nicht vertheidigt. Aber Colberg und Graudenz widerstanden rühmlich, und Danzig, wenn es auch letztlich genommen wurde, übte doch dadurch, daß es den Bewegungskrieg förmlich zum Stehen brachte, sogar einen bedeutenden Effect aus. Im Jahre 1813 hatte Napoleon gegen 190,000 Mann als Garnisonen in den Festungen an der Weichsel und jenseits derselben, und in denen an der Oder und Elbe liegen. Sie waren während des Feldzugs durchaus ohne Nutzen für ihn, und ihr Abgang trug wesentlich zur Beschleunigung seiner Niederlage bei, deren Consequenzen er außerdem noch verderblicher für ihn machte. Der Fehler, welchen unser großer Gegner in diesem Falle begangen, war enorm. Er hielt in einem Kampfe wider eine entschiedene Uebermacht mit einem Drittel seiner Streitkräfte die befestigten Knotenpunkte eines Kriegstheaters besetzt, auf dem er nicht schlagen wollte. Die Festungs- und die Feld-Armee fielen räumlich auseinander, anstatt daß die eine die Stütze der anderen sein soll, und der Gesammt-Campagne-Plan litt, eben deshalb, an einer Zweiheit und Halbheit, an einem Mangel von Consequenz und Logik, die durch die allerbrillantesten Einzel-Conceptionen, taktische wie strategische, durch die der große Feldherr in dieser Epoche ebenso glänzte, wie in den früheren seiner großen Siege, nicht ausgeglichen werden konnte. Ein drittes Beispiel für den zeitweiligen geringen Nutzen der Festungen bietet das Jahr 1814 dar. Die damaligen Leistungen der französischen Plätze sind gleich Null zu schätzen, aber es kann uns diese Thatsache nicht überraschen. Sie waren schlecht placirt, nämlich nach den Grundsätzen, die zur Zeit Vaubans Geltung hatten, und die den Kriegsprinzipien, wie der Größe der Heere, in der Epoche Napoleons wenig mehr entsprachen. Keiner von ihnen war fähig, einer Armee im Felde eine Stütze in **der** Weise zu bieten, wie dies heute unsere großen, modernen Anlagen in so hohem Maaße im Stande sind; sie waren außerdem schlecht ausgerüstet, unzureichend verproviantirt und armirt, und mit äußerst schwachen Besatzungen versehen: Gründe genug, um uns von diesem Falle, als einen zu Ungunsten des Werthes der Befestigungen irgend Etwas beweisen sollenden, durchaus Abstand nehmen zu lassen. — Die drei aufgeführten großen Beispiele der Jahre 1806/7, 1813 und 1814 entbehren mithin aller Kraft des Beweises. Sie bezeugen einzig und allein, daß Festungen unpassend gelegen, unzureichend ausgerüstet, und schlecht vertheidigt werden können. Viele andere Beispiele dagegen haben den unberechnenbaren Werth der festen Plätze zur allereindringlichsten Anschauung gebracht, im Besonderen neuerdings erst der letzte große Krieg, dessen Operationen auf den drei gesonderten Theatern an der Donau, in der Krim und in Armenien, Silistria, Sebastopol und Kars zu ihren festen Pivots hatten. Die Defensive, das steht heute allen Zweifeln gegenüber als ein unumstößlicher Satz fest, hat kein kräftigeres Mittel für den Widerstand als dasjenige, welches ihr die Festungen, im Besonderen die von großer Dimension, bieten; und es kommt nur darauf an, sie richtig zu benutzen, um die allerentschiedensten Erfolge durch sie zu gewinnen.

Um das preußische Landesbefestigungs-System, nach seinem vollen und wahren Werthe für den Staat, gründlich zu würdigen, und gleichzeitig die Nothwendigkeit seines Ausbaues vermittelst der Herstellung der noch fehlenden Plätze, vornehmlich der Fortificirung von Berlin nicht zu verkennen, ist ein tieferes Eingehen in die Betrachtung der Natur und der Mittel der preußischen Monarchie, so wie des Geistes ihrer gesammten Wehrorganisation sehr zu empfehlen. Wir wollen bei dieser Erörterung nichtsdestoweniger uns kurz fassen, und uns auf eine Umschreibung der Umrisse des Wichtigsten beschränken.

Preußen, als die kleinste unter den Großmächten, und zugleich als diejenige, welche allerwärts wo sie entscheidend agirt, mehr wie irgend eine andere auf die ungetheilte Mitwirkung der Volkskraft, — durch deren Eintritt in Linie sie allein ihre Stellung, und, den anderen Gewalten gegenüber, die Balance behaupten kann, — angewiesen ist, und nach dem im Voraus zu berechnenden Entwickelungsgange der Dinge, angewiesen bleiben wird, hat, vor allen anderen, eine Kriegs-Eventualität zu scheuen, in der sie rasch Territorium, mit diesem aber von eben jener Volkskraft verlieren würde, weil dieselbe eng mit dem Grund und Boden verbunden ist. Ihrer Natur entspricht mehr die offensive Form, weil in derselben der Territorialbesitz, auf den so vieles ankommt, am entschiedensten gewahrt wird, da aber, wo diese Form unanwendbar ist, ein zäher und mit Hartnäckigkeit ausdauernder Widerstand, der nur Schritt auf Schritt zurückweicht. Am wenigsten kann Preußen von einem Strategen Gebrauch machen, welcher, durch ein weites Rückverlegen der Entscheidung, den Gegner, ehe es zu solcher kommt, durch die Länge der durchschrittenen Operationslinie, und die, in Rücksicht auf dieses Verhältniß, unerläßlich werdenden Detaschirungen, dermaßen zu schwächen sucht, daß letztlich, zwischen seinen Kräften und denen der Defensive, nicht nur ein Gleichgewicht, sondern, zu Gunsten der letzteren, selbst ein Uebergewicht hergestellt wird. Es sind dazu nur große, weit ausgedehnte Reiche befähigt, und die auf einer niedrigen Stufe der Entwickelung stehen; in Europa vielleicht nur das russische. Was uns (Preußen) betrifft, so würden wir, auf welche Distanz immerhin wir einem west- oder ostwärtigen Angriff ausweichen möchten, die Gewalt des gegen uns gerichteten Stoßes dadurch doch nur wenig schwächen, denn, im allerglücklichsten Falle, verlören wir, im Zurückgehen, von unseren Kräften in demselben Verhältniß, wie der Feind im Vorgehen. Wir sagen: „im glücklichsten Falle," denn auf Grund unserer eigenthümlichen, in einem hohen Maaße an dem Boden haftenden Wehrverfassung, mag es geschehen, daß wir mehr verlieren. Höchstens die Existenz der Festungen würde sich beim Rückgehen, zu unserem Vortheil geltend machen, aber doch nur, nach dem bezeichnenden Ausdruck von Clausewitz, als Eisbrecher wider den Strom des Angriffs. Nicht Wüsteneien, wie sie Rußland im Jahre 1812 seinem Gegner überließ, würden zwischen den festen Plätzen dem Feinde in die Hände fallen, sondern reiche und blühende Provinzen mit unermeßlichen direkten und indirekten Hülfsmitteln für den Widerstand. Die dem feindlichen Angriff von der rückweichenden Armee überlassenen Festungen würden, weil sie von allen Kräften im offenen Felde isolirt wären, um so eher dem Angreifer zur Beute werden, und, nach ihrem Falle, würde der occupirte Landestheil um so unwiderbringlicher ihm verfallen sein. Indeß dürfen die Gegner der festen Plätze sich nicht auf die Möglichkeit eines derartigen Verlaufs der Dinge berufen, da die ausweichende Defensive in Preußen nie einen Vertreter gefunden hat, und am wenigsten in unseren Tagen ihn finden wird. Nach den gegenwärtig vorherrschenden Ideen über den Gebrauch, namentlich unserer großen Festungen, sollen uns dieselben, und zwar zunächst an der Grenze, dazu dienen, das erste vorgeschobene Feld der Entscheidung im Zusammenwirken mit den mobilen Kräften zu beherrschen, sie sollen uns für unsere Operationen im offenen Felde eine Stütze bieten, in schwachen Augenblicken unser ganzes Heer in den sichernden Kreis ihrer detaschirten Werke aufnehmen und bis zu dem Zeitpunkt es decken, wo dasselbe wieder fähig ist, den Widerstand außerhalb anzutreten. Auf dem letzteren Umstande vor Allem beruht der hinhaltende Einfluß, den die Festungen in künftigen Defensivkriegen geltend machen werden. Sie entheben uns, in Momenten der Schwäche, der Nothwendigkeit, durch Ausweichen in den Raum hinein uns gegen einen vernichtenden Schlag zu sichern, und werfen jenes Element des Zögerns und Abwartens, welches dem Interesse der Vertheidigung so sehr entspricht, zwischen die Offensiv-Entscheidungen, die in anderem Falle sich in dichter Folgereihe drängen möchten. Bei einer derartigen Verwerthung der Befestigungen, vermöge deren sie in der engsten Beziehung zur Kriegs-Hauptaction verbleiben, kann aber, im strategischen Sinne, von einer Unterscheidung zwischen ihren Besatzungen und den Streitkräften der Feldarmee, mit denen jene ununterbrochen zusammengreifen, nicht die Rede sein, und am mindesten hat man jene in die Kategorie der Mittel für secundaire Zwecke zu stellen. Es kann daher auch nicht als ein Moment der Schwäche Preußens hervorgehoben werden: daß seine Festungen eine bedeutende Gesammt-Truppenmasse als Garnisonen bedürfen, denn in der That sind dieselben auf dem Kriegstheater, wo sie doch allein vollzählig gehalten zu werden brauchen, nicht als ein Abzug von der, unter anderen Umständen, bestehenden Feldstärke der Armee zu berechnen, sondern als ein integrirender Theil derselben, der, zu Gunsten des Nachdrucks unserer Defensiv-Conceptionen, sich in formidablen Positionen, die zugleich die Angelpunkte unserer Entscheidungs-Operationen sind, aufgestellt befindet.

Um in dieser Erörterung nicht bei Allgemeinheiten stehen zu bleiben, sonderm dem weniger in die Sache, um welche es sich handelt, Eingeweihten zugleich den Anhalt an einen concreten Fall zu gewähren, machen wir darauf aufmerksam, wie, ohne große Befestigungen, ein breiter Strom von der Defensive als Basis der Vertheidigung, gar nicht wirksam benutzt werden kann, im Besonderen aber es rein unmöglich sein würde, von solcher Basis noch einen anderen als den einfachen Gebrauch zur frontalen Deckung zu machen, und, sie festhaltend, rechts und links derselben zu schlagen.

Endlich kommt hier noch ein Umstand in Betracht, der sehr wichtig für die Beurtheilung der vorliegenden Frage ist, und die engen Beziehungen zwischen den preußischen Festungen und der preußischen Wehrverfassung betrifft. Dieselbe ist recht eigentlich darauf berechnet, Festungs-Besatzungen zu liefern, in welcher Stärke man sie immerhin bedürfen mag, ohne daß dadurch die Masse der eigentlich im Felde verwendbaren Kräfte sehr erheblich geschwächt wird. Wie bekannt gliedert sich unsere Armee in die Linie, nebst der Kriegsreserve, welche Beide Eins sind, und das erste und zweite Aufgebot der Landwehr. Hinter dem letzteren steht, als eine letzte Reserve, der Landsturm. Das zweite Aufgebot der Landwehr, in einer Stärke von etwa 200,000 Mann ist vorwiegend zur Besatzung der Festungen bestimmt, der Landsturm für den Partisanenkrieg auf den Flanken und im Rücken des Feindes. Es ist dieser letztere eine Vertheidigungs-Form, die unter Umständen vortrefflich sein mag; für unser Land aber, dessen Terrain ihr schon im Allgemeinen nicht günstig ist, und für unseren Volksgeist, der mit Vorliebe den rangirten Entscheidungen zugewendet ist, sich wenig eignet. Außerdem sind in unseren Tagen durch die immer höher gesteigerte Vortrefflichkeit der Bewaffnung der regulairen Truppen, die Wirksamkeit und das Uebergewicht derselben mehr und mehr gewachsen. Nichtsdestoweniger zweifeln wir durchaus nicht daran, daß der Landsturm in den Festungen ausgezeichnete Dienste würde leisten können. Das ihm abgehende lineare Element, wir meinen die, nur den wohl geschulten und disciplinirten Truppen eigene Fähigkeit zur rangirten Action, würde, bei der in Rede stehenden Verwendung, weniger in Betracht kommen, und sich, so zu sagen, durch das den Befestigungen, an und für sich innewohnende lineare Element ausgleichen. Auch der wildeste Haufen — und in diesem Falle handelt es sich noch nicht um solche, sondern um Mannschaften, von denen die meisten ihre Ausbildung im stehenden Heere erhalten haben, und darnach durch die beiden Klassen der Landwehr gegangen sind — würde sich tauglich erweisen eine Schanze nicht weniger gut wie Linientruppen zu vertheidigen, wofür noch jüngst der letzte orientalische Krieg schlagende Belege geboten, — wogegen derselbe Haufen im offenen Felde von nur geringem Nutzen sein würde.

Nichtsdestoweniger sind wir weit davon entfernt, eine alleinige Verwendung des Landsturmes in den Festungen, oder auch nur eine überwiegende vorzuschlagen. Es bedarf in demselben vielmehr unter allen Umständen einer, vermöge ihrer Disciplin, der Vortrefflichkeit ihrer Führer und der Allseitigkeit der Ausbildung durchaus zuverlässigen Macht, als eines festen, starken Kernes und eines Anhaltes, zumal in den in vorderster Linie stehenden Plätzen, die bei den wichtigen Anfangskämpfen eine so bedeutungsvolle Rolle auf sich zu nehmen haben, und in Betreff deren Garnisonen wir wünschen müssen, daß weniger zuverlässige Mannschaften in so geringer Anzahl wie möglich unter sie aufgenommen werden. Die Besatzungen der weiter rückgelegenen Festungen werden dagegen, zu einem bedeutenden Theil, aus Landsturm zusammengesetzt werden können, d. h. aus einer Volksbewaffnung, die man außerdem unter solchen Bedingungen viel besser in der Hand halten, und, nach und nach, discipliniren können wird.

Ganz im besonderen nehmen wir aber auf die Volksbewaffnung bei der Formirung der Garnison für das befestigte Berlin Rücksicht. Große Hauptstädte haben das Auszeichnende, daß gleich wie ihre Einwohnerschaft eine Elite der Gesammtbevölkerung des Staates, dem sie angehört darstellt, auch der Nationalgeist sich in ihren Mauern in concentrirter und stärkster Form seßhaft gemacht hat. Wir schätzen die Bewohner Berlins auf 500,000 Seelen. Nach Einziehung der Mannschaften, welche der Kriegsreserve, dem *ersten* und *zweiten* Landwehr-Aufgebot angehören, wird sich diese Zahl allerdings um ein Ansehnliches vermindert haben. Indeß glauben wir uns nicht zu irren, wenn wir voraussetzen, daß der verbleibende Rest noch 50,000 Mann für die Volksbewaffnung würde stellen *können* und stellen *wollen*. Wir schätzen die zur Vertheidigung Berlins nothwendige Truppen-Masse auf etwa *grade* so viel,*) ziehen aber nicht daraus die Folgerung, daß es darum für den betreffenden Zweck auf seine eigenen Kräfte anzuweisen sei, sondern nehmen im Gegentheil an, es bedürfe, als Kern seiner Besatzung, allermindestens einer Macht von 25,000 regulären Truppen, und unter denen wir sogar einige Bataillone Linie nur ungern vermissen möchten. Es würde demnach die Befestigung Berlins einen Abgang im Belauf von 25,000 Mann von der Feldarmee bedingen, — aber nur für Einzelfälle, nämlich vorwiegend in derjenigen Periode, wo der Kampf dem Mittelraume sich genähert hat, oder in einer Kriegsverwickelung, in welcher derselbe ganz besonders exponirt ist. Jeden Einwand und jedes Bedenken, welches man dessenungeachtet dawider erheben möchte, glauben wir aber nachdrücklich mit der Schlußbemerkung zu beseitigen; daß die besagten 25,000 Mann reguläre Truppen einen Dienst leisten würden, wogegen alle auf ihren Abgang Bezug nehmende Rücksichten durchaus nicht in Betracht kommen könnten, ja daß, wenn die Hauptstadt unbefestigt bleibt, dieser Abgang, (da wir sie in solchem Falle um so eher durch eine starke Truppenaufstellung decken müssen,) sich um ein Bedeutendes erhöhen würde, und *daß eben darum, in Bezug auf unsere Feldstärke, die Fortificirung Berlins vielmehr eine Zuwachs bedingende, wie eine Abbruch thuende Maaßregel sein würde*.

---

*) Eine genaue Schätzung liegt dem nicht zu Grunde. Wir haben aber zu bemerken, wie bei der Berechnung auf den Umstand Rücksicht zu nehmen ist, daß die vorgeschlagene Berliner Enceinte gegen Westen von der Havel gedeckt wird, also wenig Truppen bedarf.

Als ein sehr wichtiger Punkt für Pommern, und der zu seinen beiden Landeshälften in gleichgewogener nächster Beziehung steht, ist die Festung Stettin zu bezeichnen. Die Lage derselben ist eine centrale, sowohl in Bezug auf den Provinzial-Raum an sich, wie in Rücksicht auf die in ihm überwiegend in Betracht kommenden territorialen Vertheidigungs-Elemente. Die pommersche Hauptstadt ist auf beiden Hauptufern der Oder gelegen, nahe genug dem Haff, um Seestadt zu sein, und ausreichend landeinwärts gerückt, um sich zum preußischen Mittelraum in eine nähere Beziehung gestellt zu finden. Vermöge des von ihr schon jetzt zum Theil beherrschten Damm'schen Sees, so wie in Verbindung mit der Klein-Festung Damm, ist Stettin derartig situirt, daß die gedeckte Wasserverbindung zum Haff, mit Hilfe einiger weiteren Anlagen, sich unschwer wird sichern lassen. Dabei ist es der wichtigste Uebergangspunkt über die Unter-Oder und seine strategische Bedeutung als solcher, in Bezug auf einen etwaigen Versuch des Feindes, diese wider Osten gewendete Barrière zu durchbrechen, wird noch durch den Umstand erhöht, daß, vermöge der Rechtswendung des Stromes oberhalb Schwedt, ein preußisches, bei Damm debouchirendes, Corps sich in der günstigen Situation befinden würde, sofort auf die rückwärtigen Verbindungen des etwa nordwärts des Oderbruches seine Brücken etablirenden Gegners werfen zu können. Stettin ist aber auch zugleich der wichtige strategische Binde-Punkt zwischen dem vorpommerschen naturgeschaffenen und mehr und mehr durch die Kunst sich verstärkenden Landes-Reduit, und der befestigten Haupt-Vertheidigungs- und eigentlichen Schwer-Linie der Monarchie, der Oder. Auch durch das Zusammengreifen der pommerschen Centralfestung (Stettin) mit den Befestigungen auf Usedom und Wollin, mit dem festen Platze Stralsund und den später sowohl auf Rügen wie an der Peene-Linie zur Ausführung zu bringenden Anlagen, entsteht ein zweites, demjenigen am frischen und kurischen Haff und der Weichsel ähnliches System welches auf die Oder, das große und kleine Haff, und den Bodden gestützt, in Anbetracht seiner nahen Lage zur Mitte des Staates und damit zur Hauptmasse seiner Hilfsmittel, nach seinem Ausbau, dem ostwärtigen muthmaßlich an Widerstandskraft noch überlegen sein wird. Hauptpunkte in diesem System werden sein: Stettin, Damm, Swinemünde, Stralsund, verschiedene Befestigungen auf Rügen, im Fall der Ausführung der projektirte Kriegshafen, außerdem später Wolgast, Peenemünde und Kammin. Vor allem ist der Punkt Stettin derjenige, auf dessen enger und gesicherter Verbindung mit dem

Ganzen, seine Bedeutung und Sicherheit, d. h. Widerstandsfähigkeit beruhet. Wir sehen dabei ganz von der Unmöglichkeit ab, ein Befestigungs-System, wie dieses einzuschließen. Ein derartiges Unternehmen kann kaum ernstlich bezweckt, geschweige denn, von welcher wider uns engagirten Macht es auch immer versucht werden möchte, durchgeführt werden, und zwar auch dann nicht, wenn gleichzeitig eine Seemacht die landwärtigen Operationen unterstützen sollte, indem wir nicht nur den feindlichen Kriegsfahrzeugen das Einlaufen in das große und kleine Haff unter allen Umständen verbieten können, sondern für uns auch die Möglichkeit existirt, Herr einer gesicherten Passage durch den Bodden zu bleiben. Aber das System ist noch einer bedeutenden Erweiterung fähig. Die Befestigung der Inseln Zingst und Darst würde seinen einen Flügel um ebenso weit vorschieben, wie die Anlage eines wohl vertheidigten Hafens in der Persantemündung (wir kennen die Oertlichkeit nicht aus eigenem Augenschein) den anderen. Nach der einen Seite näherte man sich damit einer der für die Vertheidigung von Norddeutschland wichtigsten Landes-Positionen, Schleswig-Holstein, mit dem anderen aber reichten wir einen stützenden Arm dem Befestigungs-Complex entgegen, auf dem die Sicherung unseres ostwärtigen Besitzes beruht.

XXIV.

Die pommersche Küste als Haupt-Basis der preußischen Seemacht.

Wäre Preußen freier Disponent über die ganze norddeutsche Seeküste, so würde es schwerlich Pommern zur Hauptbasis und zur räumlichen Mitte für seine maritime Macht-Entfaltung auswählen. Denn es liegt in der Natur der bei dieser Frage in Betracht kommenden Dinge, daß dasjenige deutsche Gestadeland, welches, zwischen Nord- und Ostsee mitten inne gestellt, von beiden bespült wird, und abgesehen davon, daß es an der Mündung des größten rein deutschen Stromes gelegen ist, auch die besten deutschen Häfen einschließt, — sich auch am besten für den betreffenden Zweck eignet. Ein Kanal von Kiel oder Eckernförde aus nach Tönningen, der ohne Schleusen ein für Kriegsfahrzeuge aller Größen fahrbarer Wasserweg zwischen den beiden Meeren wäre, würde eine erste Vorbedingung sein, und sie wäre, nach alle Dem zu urtheilen, was wir vordem über die Ausführbarkeit des betreffenden Projekts in Erfahrung gebracht, nicht allzu schwer zu erfüllen. Mit einem derartigen Arrangement würde einem der Haupt-Uebelstände, die der Entwickelung der preußischen Seemacht entgegenstehen, nämlich daß sie entweder eine auf die Ostsee beschränkte, oder wenn man sie in beiden Meeren stationirt, eine gespaltene Kraft wäre, abgeholfen sein. Zugleich aber hätte man mit Schleswig-Holstein eine wahre Naturveste gewonnen, und die, in einem ganz anderen Maaße noch wie das vorpommersche und ostpreußische Küstenland, einen kaum alterirbaren Abschnittsraum für die Landesvertheidigung im Ganzen und Großen bieten würde. Die Elbe, die, wenn wir Norddeutschland mit allen seinen Dependenzien als ein Ganzes ansehen, für die eigentliche Schwerlinie dieses weitgestreckten Gebietes angesehen werden kann, wäre damit bis zu ihrem nordwestlichen Endpunkt fest in unsere Hand genommen, und wir hielten eine Position inne, welche namentlich für unsere auswärtigen Beziehungen von außerordentlicher Wichtigkeit wäre, indem es keinen anderen Punkt giebt, auf den basirt unsere Seemacht so central zwischen die zur See mächtigsten Reiche: England, Rußland und Frankreich, sich gestellt befände, wie diesen. Dieselbe Centralität, wie zwischen den drei großen Seemächten des Welttheils, behauptet Schleswig-Holstein aber zugleich zwischen den drei kleinen nordeuropäischen zweiten Ranges, nämlich zwischen Schweden-Norwegen, Dänemark und Holland.

Je näher man das wunderbar gestaltete Verhältniß der Raumlage der dänisch-deutschen Herzogthümer prüft, desto fester muß sich die Ansicht begründen: daß mit diesem Besitz Preußen einen weiten Schritt aus seiner heutigen Unvollendung heraus thun und seine heute so vieles zu wünschen übrig lassende Stellung, ungeachtet des nur geringen *territorialen* Zuwachses, eine wahrhafte Umwandlung erleiden würde.

Indeß ist es hier nicht unsere Aufgabe, Dinge in Erörterung zu ziehen, die nicht sind, und für deren Werden mindestens noch keine sichere Hoffnungen vorhanden sind. Vielmehr handelt es sich für uns darum, dem *thatsächlich Bestehenden* seine Bedeutung, seinen Werth und die beste Methode seiner Benutzung abzufragen. Wie die

Umstände um uns her heute gestaltet sind, ist Preußen wesentlich darauf hingewiesen, eine baltische Seemacht zu werden. Sein dermaleinstiger Hafen an der Jade wird neben dem Haupthafen an der Ostsee immer doch nur in zweiter Linie stehen können, und zwar aus vielen und schwer wiegenden Gründen. Der erstgedachte Hafen ist zunächst in einem Gebiet gelegen — dem deutschen Nordwesten — in welchem wir für die Landvertheidigung nicht unmittelbar militairisch eingerichtet sind; und zwischen ihm und der holländischen Grenze befindet sich nur eine naturgegebene Widerstandslinie, die außerdem nicht von bedeutender Stärke ist, die Ems. Es können aber Holland und Belgien, weil zwischen den deutschen Staaten und Frankreich gelegen, als zwei von beiden zugleich beeinflußte Länder angesehen werden, und allermindestens ist die Möglichkeit des Falles nicht zu leugnen, daß Frankreich, in einem Kriege wider uns, sich derselben bemächtige, um sich ihrer als Basis zu bedienen. Unter solcher Voraussetzung liegt der Jade-Hafen sehr exponirt, um so mehr, da, wie bereits oben erwähnt, keine deckenden Festungen sich in seiner Nähe befinden. Er, wie jeder andere preußische Kriegshafen an der Nordsee (wenn man von dem oben erwähnten Kanal Abstand nimmt), entspräche aber sodann wenig dem nächsten und eigentlichen Hauptzweck unserer Seemacht, der kein anderer ist, als uns in ein näher gerücktes Verhältniß zu den scandinavischen Mächten zu stellen, und damit, im Fall eines Krieges mit Rußland, nicht nur eine Cooperation mit denselben wider dieses zu ermöglichen, sondern auch den operativen Zwecken unserer Armee im baltischen Küsten-Gebiet zu dienen. An der Nordsee etablirt würde unsere Seemacht den Schwerpunkten der scandinavischen Mächte, Copenhagen und Stockholm, die beide baltische Metropolen sind, viel ferner gestellt sein; sie wäre nicht nahe zur Hand, um auf Ostsee-Verhältnisse zu influiren; überließe Dänemark, welches an und für sich von schwankender Haltung, dann und wann nur zu viel Neigung bekundet, sich Rußland in die Arme zu werfen, dieser gefährlichen Tendenz, und könnte doch andererseits bei einem Kriegsfall mit Frankreich, ungeachtet der Nahestellung, keinen wesentlichen Dienst leisten, zunächst weil die wahrscheinliche Haupt-Angriffslinie unserer großen westlichen Nachbarmacht sich auf Mainz richtet, und eben darum der See und allen Operationen von dort her weit entlegener ist, wie die Schwerlinie der russischen Attacke über Posen und Frankfurt an der Oder auf Berlin; sodann aber weil Preußen keine Nordseeprovinz im unmittelbarsten, eigenen Interesse zu vertheidigen hat, weil die betreffende Küstenlinie viel kürzer ist, wie die baltische, und endlich weil die französische Seemacht auf der Nordsee ausreichend von der englischen in Schach gehalten wird, was auf der Ostsee in Bezug auf die russische Kriegsflotte nicht der Fall ist.

Wenn demnach es durch die kräftigsten Argumente entschieden ist, daß Preußen vorerst, und im Besonderen, eine baltische Marine herzustellen hat, und mithin auch die Hauptbasis für seine Seemacht dort und nicht an der Nordsee einzurichten ist, so entsteht anderer Seits die Frage: welchen Hafenpunkt man zum Centrum unserer maritimen Etablissements an der Ostsee zu machen gedenkt? Es handelt sich dabei heute nur noch um eine Wahl in Vorpommern, d. h. westwärts von der Dievenow-Mündung. Die früher von der Regierung mit vieler Vorliebe aufgefaßte Idee, Danzig zu unserem Haupt-Marine-Depot zu erheben, hätte, wenn sie längere Zeit hindurch maaßgebend geblieben wäre, schließlich nur die allerernstesten und gefährlichsten Consequenzen mit sich bringen können. Denn, wie stark auch immerhin das auf Danzig, Königsberg und Memel, die Weichsel, den Pregel und die beiden Haffs gestützte Gruppensystem, nach seinem Ausbau werden mag: es ist dennoch bei dem Allen, das einem Angriff von Osten her am meisten bloßgegebene und kann außerdem leicht umgangen, und, in seinen Verbindungen mit dem Gros der Monarchie, ernstlich bedroht werden, indem Rußland sich auf dem linken Ufer der Mittelweichsel etablirt befindet. Danzig aber ist, wenn auch der rückgestellteste Punkt in dem in Rede stehenden System, dennoch Flügelecke, und zunächst bedroht, wenn Rußland, aus seiner westlichen polnischen Position nach Norden vorbrechend, das Land zwischen der Netze und dem Meere occupirte. Aus diesen Verhältnissen allein schon ergiebt sich, daß die Wahl Danzig zum preußischen Haupt-Kriegshafen ein großer strategischer Fehler gewesen sein würde. Es wäre aber auch zugleich ein schwerer Fehlgriff vom militairisch-nautischen Standpunkt aus gewesen, indem die betreffende Oertlichkeit sich zur Anlage eines Kriegshafens durchaus nicht eignet, und zwar vornehmlich nicht wegen der daselbst mangelnden Wassertiefe. Im Jahre 1835, als, aus Anlaß der russisch-preußischen „Armee-Verbrüderung“ zu Kalisch, eine czaarische Kriegsflotte von zehn Linienschiffen bei Danzig ankerte, mußte dieselbe sich noch weit von den Spitzen der Molen entfernt halten, weil daselbst das Fahrwasser nur achtzehn Fuß hat, mithin selbst für eine schwere Corvette nicht ausreicht. Dagegen können Dreidecker die Molen von Swinemünde passiren und etwa bis Oster-

Nothhafen gelangen, wo das russische 110 Kanonenschiff „Peter I.“ zu mehreren Malen bereits Station genommen hat.

Es würde schwer zu begreifen sein, warum man nicht bei so entschiedenem Vorzuge, Swinemünde von allem Anfang an zum preußischen Haupt-Kriegshafen bestimmt hat, und heute noch den Plan aufrecht erhält, denselben auf der Insel Rügen zu gründen, wenn nicht ein früher angedeuteter Umstand den allerumfassendsten und ausreichendsten Aufschluß darüber gäbe. Der Grund ist in dem nicht abzuleugnenden Fehler zu suchen, den man bei Anlage der seit dem Ende der vierziger Jahre zur Ausführung gekommenen Befestigung von Swinemünde begangen. Dieselbe war bereits im Jahre 1846 vom General von Brese-Winiary entworfen worden, d. h. zu einer Zeit, als die Gründung einer preußischen Kriegsflotte noch in der allerfernsten Aussicht stand. Es lag damals kein anderer Zweck vor, als der, die Mündung der Swine fortificatorisch zu schließen, und eben damit Stadt und Hafen Swinemünde seewärts zu decken. Wir bemerken hier nichts gegen diesen Plan an und für sich, und im Besonderen nichts über das darauf bezugnehmende Bresesche Projekt. Dasselbe trägt den Stempel jener Einfachheit, Zweckmäßigkeit und Eleganz, welche die Arbeiten des heutigen Chefs des preußischen Ingenieur-Corps auszeichnen. Aber vom höheren Standpunkte aus war die, wenn wir uns recht erinnern, im Jahre 1849 begonnene Ausführung jeden Falls ein Fehler, und ein um so schwerer zu verantwortender, als zur Zeit, wo die Mauerbauten begonnen wurden, Preußens Entschluß, sich eine Seemacht zu gründen, bereits fest stand. Da die heutige Befestigung, in ihrem engen Anschluß an beide Swine-Ufer, im Inneren durchaus keinen ausreichenden Raum für die Anlage eines Marine-Etablissements darbietet und anderer Seits doch recht eigentlich die Stelle, wo solches Platz finden könnte, von ihr occupirt wird, so würde die Wahl Swinemündes zum Kriegs-Haupthafenpunkt wenigstens einen Umbau der mit nicht unbedeutenden Kosten hergestellten Befestigungen erheischen, der, unter Umständen, einer Rasirung und Neu-Aufführung derselben gleichkommen dürfte. Uebrigens würde sich ein großes Marine-Etablissement zu Swinemünde in einer ausgezeichneten Lage befinden, weil es die Centralste ist, die, unter den obwaltenden Umständen, gedacht werden kann, und dabei eine darum nicht weniger offene für active Zwecke. Es wäre im Besitz der nächsten, denkbaren Verbindung mit Stettin, welches immerhin als Hauptpunkt unserer Seeprovinz für die Marine von großer Bedeutung sein wird, und befände sich Berlin so nahe als irgend ein anderer am Meere gelegener Hafen. Auf den letzteren Umstand namentlich hat man ein nicht geringes Gewicht zu legen, wie aus einigen Andeutungen, die in dem Capitel „über die Haupt-Gesichtspunkte bei Feststellung der Armirung der Capital-Befestigungen" gemacht wurden, sich ergeben wird. Das befestigte Berlin wird für jeden Fall Haupt-Arsenal für die preußische Landmacht werden, und, wenn man auch davon Abstand nehmen will, ein Central-Arsenal für die Seemacht daselbst zu begründen, so wird es doch nicht ohne Bedeutung sein, wenn die überwiegende Masse des Geschützmaterials der Marine demselben so nahe wie möglich placirt ist. Denn diese, und die Armee, sind nicht etwas durchaus, und für alle Fälle, von einander Geschiedenes. Sie sind beide vereinigt der Gesammt-Ausdruck der Macht des Staats; und die Hülfsmittel der einen sollen, unter Umständen, und so weit dies thunlich ist, diejenigen der anderen ergänzen. Ein bei Swinemünde gelegenes Kriegsflotten-Depot steht in einer glücklichen Mitte zwischen den meisten preußischen unter einander verbundenen schiffbaren Binnengewässern und der See, während ein unter dem Vorgebirge von Arkona situirter Kriegshafen jenen doch etwas mehr entrückt wäre. Es liegt außerdem nicht außerhalb der Möglichkeit, von Swinemünde aus nach rückwärts Fahrlinien für Kriegsschiffe bis zu zwanzig Fuß Tiefgang, bis zur Peene und Dievenow-Mündung zu baggern, was, für den blokirenden Feind, die Nothwendigkeit involviren würde, drei Mündungen zugleich zu sperren. Es kann ferner auch in der Swine die Flottille ihre Station nehmen, indem die Peene-Mündung ihr Gelegenheit bietet, gedeckt nach allen Küstenpunkten gelangen zu können, auf denen ihre Verwendung von Nutzen erscheinen mag. Dagegen müßten Flotten- und Flottillen-Depot, bei einer Kriegshafen-Anlage im Jasmunder Bodden, wahrscheinlich von einander gesondert werden, weil von dort aus, nur auf einem ausgedehnten westwärtigen Umwege, ein gedeckter Zugang zum Haff, d. h. zu demjenigen Binnenwasser zu gewinnen wäre, auf dem die Gegenwart einer Flottille unseren Defensivzwecken die verhältnißmäßig bedeutendere Stütze bieten würde. Auf den Landkrieg aber könnte ein Marine-Depot zu Swinemünde, indem es ihm seine bedeutenden Ressourcen zur Verfügung stellt, viel nachdrücklicher einwirken, als ein solches am Jasmunder Bodden, namentlich für den Fall, daß die Seeverbindung auf direktester Linie zwischen dem letzteren Punkte und dem Festlande vom Gegner beherrscht wird. Während der Jasmunder Kriegshafen unter solcher Voraussetzung nahezu von dem Kriegsschauplatz abgeschnitten wäre, hätten wir von Swinemünde aus, je nach dem Zwecke, um den es sich handelt, die Wahl zwischen einer dreifachen Verbindung, entweder querüber das Haff, oder über die Dievenow, oder endlich über die Peene. Wie sehr die strategische Bedeutung der für Vertheidigungs- wie Angriffszwecke in einem Defensivkrieg außerordentlich günstig gelegenen beiden Inseln Usedom und Wollin durch die Anlage eines Marine-Depots an der Swine außerdem erhöht werden würde, ist handgreiflich. Es wäre damit diesem Doppel-Abschnitt, der, in gewissem Sinne eine centrale Stellung nicht nur zwischen Vor- und Hinter-Pommern, dem Haff und der See, sondern zugleich zwischen dem West- und Ostraum des eigentlichen Gros der preußischen Monarchie und der baltisch-deutschen Meeresküste einnimmt, die Vollzahl der Mittel gegeben, deren es zu einem ausdauernden Widerstande bedarf, und die unter anderen Umständen hier schwerlich jemals vereinigt werden könnten.

Rügen, im Gegensatz zu der Doppel-Insel Usedom und Wollin, kann von einer feindlichen übermächtigen Flotte, namentlich, wenn es derselben nicht an Kanonenbooten und anderen flach gehenden Kriegsfahrzeugen mangelt, fast seiner ganzen Ausdehnung nach, umfaßt werden. Eine Einschließung von Stralsund würde es aber, wenn sie dazu träte, vom Festlande vollkommen abschneiden. Dagegen sind Usedom und Wollin nur in dem fast undenkbaren Falle zu Wasser vollkommen zu umfassen, wenn der Feind auf dem Haff, zu dem er doch nur vermittelst der von uns ausreichend beherrschten Mündungen gelangen könnte, eine übermächtige Flottille besäße, die mit der Blokade-Flotte auf der See cooporirte. Eine Einschließung von Kammin läßt das Debouchée von Wolgast offen, und umgekehrt. In einem Winter aber, der das Haff gangbar macht, und uns einem Rückenangriff aussetzt, werden muthmaßlich alle Operationen ruhen.

Um den einen wie den andern der beiden möglichen Kriegs-Häfen in eine möglichst enge Beziehung zum Festland und zur Mitte der Monarchie zu stellen, wird es für einen jeden einer Eisenbahn bedürfen. Was diejenige von Stettin nach Swinemünde betrifft, (denn nur dieses Glied würde der von Stettin nach Berlin führenden anzufügen sein, um den vorgenannten Zweck zu erreichen), so würde der Staat die Kosten derselben nicht zu tragen haben, indem der Handelsstand von Stettin, der bei Herstellung dieser Verbindung so außerordentlich interessirt ist, dieselbe, ohne Zweifel, auf sich nehmen würde. Dagegen müßte allermindestens die Bahn von Stralsunds Gegenufer bis zum

Jasmunder Bodden, (wenn nicht auch die von Stralsund nach Berlin,) von der Regierung selber erbaut werden, ohne daß Aussichten auf eine Verzinsung des darauf verwendeten Capitals vorhanden wären, weil Handel und Industrie mit dieser Bahn keine Interessen zu verbinden haben. Dieser Unterschied der Umstände zu Gunsten einer Kriegshafen-Anlage an der Swine im Gegensatz zu einer anderen am Jasmunder Bodden wird noch in die Augen fallender, wenn man bedenkt, daß die Eisenbahnlinie von Stettin über Ueckermünde, Anklam, Wolgast auf Swinemünde letztlich nicht die einzige bleiben wird, indem die Handels- und Verkehrs-Interessen höchst wahrscheinlich späterhin auch eine Linie von Swinemünde aus, über Kammin, in der Richtung auf Bromberg erheischen werden. Außerdem ist zu erwägen, daß unsere Etablissements an der Swine auf beiden Ufern derselben vertheilt werden würden, und daß demnach, wenn der Feind die eine Insel angriffe und überwältigte, unsere Defensive im Kernpunkt, d. h. in Swinemünde (hierunter die ganze Anlage verstanden), ein um so energischerer sein würde, als wir hier (sofern wir die Swine als Frontlinie behaupteten), nur auf der Hälfte unserer Entwickelungslinie (Enceinte) angegriffen und umschlossen werden könnten, die andere Hälfte aber uns frei bleiben würde. Es wäre dies ein Verhältniß, das zu den günstigsten in der Lokal-Vertheidigung zu rechnen ist, und für dessen Werth erst neuerlich die Belagerung von Sebastopol einen schlagenden Beleg gegeben hat. Auf Rügen kann man, durch einen Durchstich der Schaabe, nur sehr entfernt ein ähnliches Verhältniß erzielen und dasselbe hat dort ungleich geringere Bedeutung, weil man einen Seeangriff voraussetzen muß, der Zugang zu dem einen wie zu dem anderen Theil der Insel, hat. Aus dem, was über die Verbindungsfähigkeit der beiden Punkte vergleichsweise gesagt worden ist, erhellt, daß der an der Swine auf drei Linien, nämlich von Stettin aus direkt über das Haff, und über Kammin und Wolgast von landwärts, unterstützt werden kann, der andere dagegen nur auf einer einzigen Linie (der über Stralsund). Wenn diese Umstände es einerseits gewiß machen, daß Swinemünde, im Fall einer ernsten Bedrohung, unter den allergünstigsten Verhältnissen unterstützt werden kann, so ist es andererseits nicht minder klar, daß wir einem Kriegshafen am Jasmunder Bodden von landwärts nur würden Succurs zukommen lassen können, sofern wir der einen zu ihm hinführenden Verbindungslinie Herr sind. Hierzu kommt endlich noch der außerordentlich wichtige Umstand: daß die Streitkräfte, welche wir nach Swinemünde detaschiren würden, wegen der centralen Lage dieses Punktes, uns fortdauernd nahe zur Hand blieben, und nach den wichtigsten in Betracht kommenden Richtungen hin mit gleicher Leichtigkeit würden verwendet werden können. Daß dagegen die nach Rügen disponirten Truppen sich in einem Winkel hinein verschoben befänden, aus dem sie nur in einer Richtung wieder hinausgelangen könnten, und daß, unter Umständen, die Gefahr abgeschnitten zu werden für sie in allem Ernst in Erwägung kommt.

Alle diese Verhältnisse reden laut und unwidersprechlich für die eclatanten Vorzüge, welche die Swine als Emplacementspunkt des Kriegshafens Preußens am baltischen Meere vor dem Jasmunder Bodden (Schaabe) voraus hat. Die Regierung scheint aber nichtsdestoweniger fest dazu entschlossen, den letzteren Punkt beizubehalten; muthmaßlich aus dem einzigen Grunde, den wir bereits dafür anführten. Es würde aber doppelt dankenswerth sein, wenn man Selbstverleugnung genug besäße, den begangenen Fehler einzugestehen, und keinen Anstand nähme, ihn so schnell wie möglich zu redressiren. Ein Einlenken in den richtigen Weg ist erst dann unmöglich geworden, wenn auf Rügen bedeutende Arbeiten in Angriff genommen, und große Summen für sie verausgabt sein werden.

XXV.

Rückschauende Gesammtübersicht des preußischen Landes-Befestigungs-Systems.

Das preußische Landesbefestigungs-System, — auch wenn es vollkommen ausgebaut sein wird, wenn Schlesien in Breslau, und der Central-Raum zwischen Elbe und Oder in Berlin eine feste und stützende Mitte erhalten haben — wenn die ausgedehnte Gruppe am frischen und kurischen Haff und die andere in Vor-Pommern vollendet sein werden, — wird dennoch auch dann noch nicht wahrhaft als ein Ganzes angesehen werden können. Um es zu einem solchen zu machen, müßte Preußen im Stande sein, die weite Lücke zwischen seinen rheinischwestphälischen Landen und der Hauptmasse der Monarchie fortificatorisch auszufüllen; müßten Nieder-Ems, Nieder-Weser und Nieder-Elbe behufs Festungsanlagen zu seiner Verfügung stehen, und insbesondere die dänisch-deutschen Herzogthümer für seine weitere strategischen Arrangements ihm geöffnet sein. Als freier militairischer Disponent über den ganzen Raum zwischen der Nord- und Ostsee einerseits, und der österreichisch-mährisch-böhmischen Grenze und der Mainlinie andererseits, wäre Preußen im Stande, sein Landesvertheidigungs-System zu einer geschlossenen und starken Einheit zu entwickeln, die Wider-Natur der Verhältnisse zu besiegen, die namentlich im Westen so stark auf ihm lastet, und den zwischengelegenen deutschen Kleinstaaten im höchsten Maaße die Garantien der Sicherheit zu bieten, deren ihre Schwäche so sehr bedarf.

Nichtsdestoweniger würde dieses System noch keinen den geographischen Bedingungen gemäß ausgerundeten Vertheidigungs-Raum umschließen. Diesen uns zu verschaffen müßte mindestens das heute in russischen Händen liegende Gebiet, auf dem rechten und linken Ufer der mittleren Weichsel, bis Krakau, nebst Narew und Bug, unserem Besitz zugeschlagen werden. Wir glauben, daß ein Augenblick vorhanden war, in welchem wir das, was wir in dieser Beziehung auf dem Wiener Congreß versäumten, wieder einbringen konnten, und er liegt noch nicht weit rückwärts hinter uns. Heute sind keine Hoffnungen darauf vorhanden, daß eine ähnliche Situation ehestens wieder eintreten könne, und die Weltlage ist der Art, daß wir überwiegend Anlaß haben, das Auge nach Westen anstatt nach Osten zu richten. Auf diese nächsten Eventualitäten hat die vorliegende Schrift vermieden ein besonderes Gewicht zu legen. Denn es kam uns darauf an: das preußische Landesbefestigungs-System in seinen Beziehungen nach allen Frontseiten und als „ein im fortificatorischen Gleichgewicht stehendes Ganze darzustellen;" nicht nach seinen einseitigen Beziehungen für einen einzelnen Kriegsfall. Schließlich bitten wir den Leser um Nachsicht für die vielen Schwächen, die unserer Arbeit anhaften, und denen abzuhelfen wir augenblicklich nicht in der Lage sind. Uns fehlen Karten und Hilfsmittel aller Art, deren wir nicht entbehren würden, wenn wir an der Spree schrieben anstatt an dem Ufer des Euphrat.

---

*10121-SB
5-25
CC

Schlußbemerkung.

Bei der Erörterung über die fortificatorischen Umfassungs-Mittel ist von einem Eingehen auf die Anwendung außergewöhnlicher Ressourcen, wie sie unter Anderen ein auf Schienen sich bewegender, von Locomotiven gezogener, und durch einen Glacisaufwurf längs der Bahn gedeckter Batterie-Train darbieten würde, absichtlich Abstand genommen worden. Wenn wir auch glauben, daß eine der vermeintlichen Hauptschwierigkeiten dabei, die Deckung der Locomotiven nämlich, durch besondere, tiefer gelegenen Schienen von kleinerer Geleisebreite und durch gleichzeitige, entsprechende Erhöhung der Plattformen für das Geschütz, leicht beseitigt werden könnte, so fühlen wir nichtsdestoweniger, daß, in Betreff der Anwendbarkeit der Neuerung, uns nur eine Vermuthung zusteht. Ein bestimmtes Urtheil darüber wird sich allein auf Grund praktischer Versuche, nicht inmittelst von Modellen, sondern im Großen, abgeben lassen.

Druck von J. Blumenthal in Berlin, Adlerstr. 9.

10121-2B

CPSIA information can be obtained
at www.ICGtesting.com
Printed in the USA
LVHW030235040223
738616LV00006B/899

9 783382 200589